L'AMI

Fille d'une mère allemande et d'un père sino-panaméen, Sigrid Nunez est une auteure américaine. Elle a publié sept romans, dont *Et nos yeux doivent accueillir l'aurore*, et une biographie sur Susan Sontag. Son dernier roman, *L'Ami*, a reçu le National Book Award en 2018 et a été traduit dans une vingtaine de langues.

W0347534

SIGRID NUNEZ

L'Ami

ROMAN TRADUIT DE L'ANGLAIS (ÉTATS-UNIS)
PAR MATHILDE BACH

STOCK

Titre original :

THE FRIEND

© Sigrid Nunez, 2018.
Ce livre a été publié en accord avec l'auteure.
Tous droits réservés.
© Éditions Stock, 2019, pour la traduction française.
ISBN : 978-2-253-10212-0 – 1re publication LGF

« Mais, faites attention, ce n'est pas que l'on puisse espérer se consoler de sa tristesse en écrivant. »

Natalia GINZBURG, « Mon métier »

« Tu apercevras, au milieu du plancher, une grosse caisse avec un chien dessus. Les yeux de ce chien sont grands comme des tasses à thé, mais n'y fais pas attention. »

Hans Christian ANDERSEN, *Le Briquet*

« La question à laquelle tout roman tente de répondre est : La vie vaut-elle d'être vécue ? »

Nicholson BAKER,
« The Art of Fiction No. 212 »,
The Paris Review

Première partie

Durant les années quatre-vingt, en Californie, les médecins virent affluer un grand nombre de Cambodgiennes, toutes se plaignaient du même phénomène : elles n'y voyaient plus. Ces femmes étaient des réfugiées de guerre. Avant de fuir leur pays, elles avaient assisté aux atrocités qui, de 1975 à 1979, tant qu'ils étaient au pouvoir, avaient rendu les Khmers rouges tristement célèbres. Un grand nombre de ces femmes avaient été violées, torturées, ou brutalisées de quelque autre manière. La plupart avaient vu des membres de leur famille assassinés sous leurs yeux. L'une d'elles, qui n'avait plus jamais revu son mari et ses trois enfants depuis le jour où des soldats avaient passé leur porte et les avaient emmenés, raconta qu'elle avait perdu la vue après avoir pleuré chaque jour durant quatre ans. Elle n'était pas la seule à donner cette impression d'avoir pleuré à en devenir aveugle. D'autres souffraient d'une vision brouillée ou partielle, leurs yeux étaient tourmentés par des ombres, des douleurs.

Les médecins qui les examinèrent – elles étaient environ cent cinquante au total – déclarèrent que leurs yeux étaient normaux. Des examens plus approfondis révélèrent que leurs cerveaux eux aussi étaient normaux. Si elles disaient vrai – et certains en doutaient, les soupçonnaient de simuler pour attirer l'attention ou obtenir des allocations –, la seule explication était la cécité psychosomatique.

En d'autres termes, l'esprit de ces femmes, ayant engrangé de force trop d'horreurs, incapable d'en supporter davantage, avait réussi à éteindre la lumière.

C'est la dernière chose dont nous ayons parlé, toi et moi, quand tu étais encore en vie. Ensuite, il y eut un email de toi avec une liste de livres que tu estimais pouvoir m'être utiles dans mes recherches. Et puis, comme c'était la saison, un échange de vœux pour la nouvelle année.

Il y avait deux erreurs dans ta notice nécrologique. La date à laquelle tu as quitté Londres pour New York : une erreur d'un an. Et l'orthographe du nom de jeune fille de l'Épouse Numéro Un. De petites erreurs, corrigées par la suite, mais dont nous savions tous qu'elles t'auraient exaspéré.

En revanche, à la cérémonie donnée en ta mémoire, j'ai surpris une discussion qui t'aurait amusé :

Je voudrais pouvoir prier.

Qu'est-ce qui t'en empêche ?

C'est *lui* qui m'en empêche.

M'en aurait empêché, aurait. Les morts habitent le conditionnel, le temps de l'irréel. Et cependant il y a cette impression extraordinaire que tu es devenu omniscient, que rien de ce que nous faisons, pensons ou ressentons ne t'échappe à présent. L'impression extraordinaire que tu es en train de lire ces mots, que tu sais ce qu'ils vont dire avant même que je les écrive.

La vérité, c'est que si on pleure trop fort trop longtemps, la vision se brouille bel et bien.

J'étais allongée, c'était la mi-journée, pourtant j'étais encore au lit. À force de pleurer, j'avais mal à la tête, la douleur pulsait sous mon crâne depuis des jours. Je me suis levée et j'ai regardé par la fenêtre. C'était l'hiver, déjà, l'air était froid devant la fenêtre, il y avait un courant d'air. Mais c'était une sensation agréable – tout comme la vitre glacée sous mon front. Je clignais des yeux, encore et encore, sans que mes yeux veuillent se dessiller. Je repensais à ces femmes qui avaient pleuré à en devenir aveugle. Je clignais et clignais, de plus en plus effrayée. Puis je t'ai vu. Tu portais ta veste d'aviateur marron vintage, celle qui est trop serrée – et qui ne t'en va que mieux –, tes cheveux étaient sombres encore, épais et longs. Ce qui m'indiquait avec certitude que nous avions effectué un saut dans le temps. Dans un passé lointain. Il y a presque trente ans.

Où allais-tu ? Nulle part. Ni courses à faire, ni rendez-vous. Flâner, les mains dans les poches, sans but, juste le plaisir de la rue. C'était ton truc. *Si je ne peux pas marcher, je ne peux pas écrire*. Tu travaillais le matin, jusqu'au moment, qui finissait toujours par arriver, où tu semblais tout à coup incapable d'écrire la moindre phrase, et sortais marcher des kilomètres et des kilomètres. Maudits, les jours où les conditions météorologiques t'en empêchaient (ce qui était rare car tu ne te souciais ni du froid ni de la pluie, seule une vraie tempête pouvait contrecarrer ton élan). En rentrant, tu te remettais à l'ouvrage, t'efforçant de reproduire le rythme de la marche dans celui de l'écriture. Et plus tu y parvenais, meilleur était ton travail.

Parce que tout est une question de rythme, disais-tu. Une bonne phrase commence par une pulsation.

Tu avais posté un essai en ligne, « Flâneur : mode d'emploi », sur la tradition des pérégrinations urbaines, des déambulations, et sa place dans la culture littéraire. Tu t'étais attiré des critiques pour avoir mis en doute l'idée qu'il puisse exister des flâneuses au féminin. Tu ne croyais pas qu'une femme puisse errer par les rues dans le même état d'esprit, de la même manière qu'un homme. Une marcheuse était sujette à d'incessantes ruptures de rythme : des regards insistants, des commentaires, des sifflets, des mains baladeuses. On apprenait aux femmes à être constamment sur leurs gardes : ce type, là, ne marche-t-il pas un peu trop près de moi ? Et celui-là, est-ce qu'il me suit ? Comment, dans ces conditions, pourrait-elle jamais être assez alanguie pour se perdre dans cette absence à soi-même, cette joie pure d'être au monde, qui constitue l'idéal de la vraie flânerie ?

Tu en concluais que l'équivalent féminin était sans doute le shopping – en particulier le genre d'exploration vaine de celle qui ne cherche pas à acheter quelque chose.

Je ne pensais pas que tu aies tort. Je connais des tas de femmes qui enfilent une carapace chaque fois qu'elles sortent de chez elles, j'en connais même quelques-unes qui font tout pour éviter d'avoir à sortir de chez elles. Bien sûr, il suffit d'attendre d'avoir atteint un certain âge, l'âge de l'invisibilité, et... le problème est résolu.

Tu vois comme tu utilisais le mot *femmes*, alors que ce que tu voulais dire en fait, c'était jeunes femmes.

Ces derniers temps, j'ai beaucoup marché, mais je n'ai pas écrit une ligne. J'ai dépassé la date à laquelle je devais rendre mon travail. On m'a donné plus de temps, du temps compassionnel. Je l'ai de nouveau dépassé. À présent, mon éditeur pense que je simule.

Je n'étais pas la seule à avoir fait l'erreur de penser, puisque c'était quelque chose dont tu parlais beaucoup, que c'était quelque chose que tu ne ferais pas. Après tout, tu n'étais pas la personne la plus malheureuse que nous connaissions. Tu n'étais pas la plus déprimée (songe à G., à D., ou à T.-R.). Tu n'étais même pas – aussi étrange que cela semble à dire aujourd'hui – la plus suicidaire.

À cause du moment choisi, si près du début de l'année, on peut raisonnablement croire que c'était une résolution que tu avais prise.

Une fois où tu en parlais, tu avais dit qu'une des choses qui t'arrêteraient, ce serait tes étudiants. Naturellement tu t'inquiétais de l'impact que pourrait avoir un tel exemple sur eux. Et pourtant aucun d'entre nous n'y songea quand tu cessas d'enseigner l'année dernière, alors que nous savions tous combien tu aimais ton métier et que tu avais besoin de ce salaire.

Une autre fois, tu déclaras qu'arrivé à un certain âge, cela pouvait relever d'une décision rationnelle, d'un choix parfaitement pesé, d'une solution même.

Contrairement au suicide d'une personne jeune, qui ne pouvait être autre chose qu'une erreur.

Tu eus ce bon mot un jour, pour nous faire rire : *Je crois que je préférerais une vie au format novella.*

Stevie Smith te plut quand elle déclara que la Mort était sans doute le seul dieu qui répond quand on l'appelle, tu étais toujours séduit par les détours qu'empruntaient les gens pour dire qu'ils n'arrivaient à exister que dans la perspective du suicide.

Marchant avec Samuel Beckett un beau matin de printemps, un de ses amis lui demanda : Un jour comme celui-ci ne te rend-il pas heureux d'être en vie ? Je n'irais pas jusque là, répondit Beckett.

Et n'était-ce pas toi qui nous avais un jour dit que Ted Bundy[1] assurait une permanence téléphonique dans un centre de prévention du suicide ?

Ted Bundy.

Bonjour. Je m'appelle Ted et je suis là pour vous écouter. Parlez-moi.

Qu'il y ait une commémoration nous prit par surprise. Nous qui t'avions tous entendu dire que jamais tu ne voudrais d'une chose pareille, l'idée même te répugnait. Est-ce l'Épouse Numéro Trois qui a tout bonnement choisi de l'ignorer ? Est-ce toi qui n'as pas

1. Ted Bundy est le nom d'un célèbre tueur en série.

pensé à le mettre par écrit ? Comme dans la plupart des suicides, tu n'as pas laissé de mot derrière toi. Je n'ai jamais compris pourquoi on employait cette expression, laisser *un mot*. Il doit pourtant y avoir des gens qui ont plus à dire que cela.

En allemand, le terme consacré est *Abschiedsbrief* : lettre d'adieux. (Beaucoup mieux.)

Ta volonté d'être incinéré, au moins, a été respectée et il n'y a pas eu de cérémonie religieuse, de shivah. La notice nécrologique insistait sur ton athéisme. *Entre la religion et la connaissance, disait-il, l'homme doit choisir la connaissance.*

Une idée absolument absurde pour quiconque connaît un tant soit peu l'histoire juive, commenta-t-on.

Entre ta mort et le jour de la commémoration, le choc avait eu le temps de se dissiper. Les gens tentaient de se distraire en imaginant la réunion de toutes ces épouses dans la même pièce. Sans parler des maîtresses (trop nombreuses, s'amusait-on, jamais on n'arriverait à les caser dans une seule pièce).

En dehors du diaporama, implacable cortège d'images martelant en boucle ta beauté et ta jeunesse perdues, ce n'était pas très différent de n'importe quel salon littéraire. Les gens se mélangeaient, parlaient d'argent, des prix littéraires en guise de réparation, et de la dernière critique de *feu l'auteur*. Le décorum en l'occurrence ne prévoyait pas de larmes. Les gens saisissaient cette opportunité d'entretenir leur réseau, de se mettre au courant des dernières nouvelles. Les ragots allaient bon train, ponctués de hochements de tête désapprobateurs sur l'Épouse Numéro Deux et son *in memoriam* très largement diffusé (la rumeur voulait à présent qu'elle ait l'intention d'en faire un livre).

L'Épouse Numéro Trois, il faut bien l'admettre, irradiait, quoique d'un éclat aussi froid qu'une lame. Un port de tête qui signifiait à chacun : Traitez-moi comme un objet de pitié, sous-entendez que j'ai une quelconque responsabilité là-dedans et je vous taille en pièces.

J'étais touchée qu'elle me demande comment avançait mon travail.

Je suis impatiente de vous lire, dit-elle hypocritement.

Je ne suis pas sûre que j'arriverai à finir, répondis-je.

Oh, mais vous savez pourtant qu'il aurait voulu que vous finissiez. (*Aurait.*)

Avec cette habitude déconcertante qu'elle a de hocher lentement la tête en parlant, comme si elle contredisait chaque mot qu'elle prononçait en même temps qu'elle les prononçait.

Une demi-célébrité approcha. Avant de se détourner de moi, elle ajouta : Vous seriez d'accord pour que je vous appelle ?

Je suis partie tôt. En sortant, j'ai entendu quelqu'un dire : J'espère qu'il y aura plus de monde à *ma* commémoration.

Ainsi que : Voilà, il est officiellement un mâle blanc mort.

Est-il vrai que le milieu littéraire est miné de haine, un champ de bataille cerné de tireurs embusqués où il n'est question que de jalousies et de rivalités en permanence ? demandait le journaliste de la radio nationale à l'illustre auteur. Qui contribuait à la chose, donc. Il y a beaucoup d'envie, beaucoup d'inimitiés, répondit l'auteur. Qui s'employa à expliquer : C'est comme un canot de sauvetage sur lequel trop de gens essaient de monter. Chaque fois que vous arrivez à pousser quelqu'un à l'eau, le niveau du canot remonte pour vous.

S'il est vrai que la lecture augmente les capacités d'empathie, comme on le dit souvent, l'écriture semble au contraire les diminuer quelque peu.

Un jour, pendant une conférence, tu avais étonné le public en déclarant : Où donc avez-vous tous été pêcher cette idée qu'être écrivain est une chose aussi merveilleuse ? Pas une profession, mais une vocation au malheur, ainsi Simenon décrivait-il l'écriture. Georges Simenon, qui avait écrit des centaines de romans sous son nom, quelques centaines d'autres sous une douzaine de noms de plume, et qui, parvenu à l'âge de la retraite, était l'auteur le plus vendu au monde. Ça en fait du malheur.

Qui se vantait d'avoir couché avec pas moins de dix mille femmes, dont de nombreuses – voire une majorité – prostituées, et se targuait cependant d'être féministe. Qui avait eu Colette pour mentor littéraire, rien que ça, et Josephine Baker pour maîtresse, rien que ça, même si l'on racontait qu'il avait dû mettre fin à cette relation car elle interférait trop avec son travail, ralentissant le rythme de sa production cette année-là à une misérable douzaine de romans. Qui, lorsqu'on lui demandait ce qui avait fait de lui un romancier, répondait : Ma haine pour ma mère. (Ça en fait de la haine.)

Simenon, le flâneur : Tous mes livres me sont venus en marchant.

Il avait une fille, psychotiquement amoureuse de lui. Petite fille, elle lui avait réclamé une alliance, qu'il lui avait offerte. En grandissant, elle avait fait élargir l'anneau afin qu'il continuât à lui aller. Elle se tira une balle dans la tête à l'âge de vingt-cinq ans.

Question : Où donc une jeune Parisienne se procure-t-elle un pistolet ?

Réponse : Chez un armurier découvert dans un des romans de son papa.

Un jour, en 1974, dans cette salle de classe de l'université où j'enseigne moi-même de temps à autre, une poétesse déclara aux élèves de l'atelier qu'elle animait ce semestre-là : Je ne serai peut-être pas là la semaine prochaine. Plus tard, chez elle, elle enfila le vieux manteau en fourrure de sa mère et s'enferma dans son garage avec un verre de vodka à la main.

Le vieux manteau en fourrure de la mère, c'est le genre de détails que les professeurs d'écriture aiment faire remarquer à leurs étudiants, l'un de ces détails significatifs – comme la manière dont la fille de Simenon avait trouvé un pistolet – dont la vie regorge mais dont les écrits des étudiants manquent cruellement.

La poétesse monta dans sa voiture, un vieux modèle Cougar de 1967, rouge tomate, et mit le contact.

Lors du tout premier cours d'écriture que je donnai, après que j'eus insisté sur l'importance des détails, un étudiant leva la main pour déclarer : Je ne suis pas du tout d'accord avec vous. Si vous voulez des tas de détails, vous n'avez qu'à regarder la télévision.

Commentaire dont je finirais par penser qu'il n'était pas aussi stupide qu'il en avait l'air.

Le même étudiant m'accusa encore (*les écrivains comme vous*, tels étaient ses mots) de tenter de faire peur aux autres en laissant croire que l'écriture était bien plus difficile qu'elle n'était en réalité.

Pourquoi voudrions-nous faire une chose pareille ? l'interrogeai-je.

Oh, allez, c'est évident pourtant, non ? Pour qu'on ne vienne pas vous manger la laine sur le dos.

Ma première professeure d'écriture commençait toujours par expliquer à ses étudiants que s'il y avait quoi que ce soit d'autre qu'ils pensaient pouvoir faire de leur vie, plutôt qu'écrivains, n'importe quel autre métier, alors c'était ce qu'ils devraient faire.

Hier soir, à la station Union Square, un homme jouait « La vie en rose » à la flûte, *molto giocoso*. Je suis de plus en plus sensible à ces ritournelles qui vous restent dans la tête, et la chanson, dans sa version sautillante à la flûte, m'a empoisonnée toute la journée. Il paraît que le meilleur moyen de se débarrasser d'un air qui vous tourne dans la tête, c'est de l'écouter en entier au moins deux fois. J'ai écouté la version la plus connue, par Édith Piaf, bien sûr, qui en écrivit les paroles et la chanta pour la première fois en 1945. Et maintenant c'est la voix de la Môme Piaf, étrange, bêlante et typiquement française qui ne me lâche plus.

À la station Union Square également, un homme avec une pancarte : SANS ABRI SANS DENTS DIABÉTIQ. Pas mal celle-là, commente un voyageur en balançant une pièce de monnaie dans son gobelet en papier.

Parfois, quand je suis sur mon ordinateur, une fenêtre apparaît : Vous écrivez un livre ?

De quoi l'Épouse Numéro Trois veut-elle me parler ? Je ne suis pas aussi curieuse qu'on pourrait s'y attendre. S'il y avait eu une lettre ou un quelconque message de ta part, à l'heure qu'il est, il serait entre mes mains. Peut-être a-t-elle une autre sorte de commémoration en tête, un recueil de souvenirs écrits, quelque chose dans ce goût-là, et si c'est le cas, ce serait encore une autre chose que tu avais dit ne pas souhaiter.

Je redoute ce rendez-vous, non qu'elle me soit désagréable (au contraire), mais je ne veux participer à aucun de ces rites.

Et je ne veux pas non plus parler de toi. Notre relation était inhabituelle, pas toujours facile à comprendre pour les autres. Je ne t'ai jamais demandé, et je n'ai donc jamais su, ce que tu racontais de notre relation à tes femmes. Je me suis toujours félicitée du fait que, bien qu'elle ne soit jamais devenue mon amie comme l'Épouse Numéro Un, l'Épouse Numéro Trois ne soit pas mon ennemie comme l'Épouse Numéro Deux.

Ton mariage entraînait des ajustements dans tes amitiés, ce n'était pas sa faute, c'est ce qui arrive avec les mariages. Toi et moi étions plus proches lorsque tu étais entre deux épouses, des périodes qui n'ont jamais duré très longtemps, car tu étais, à un niveau quasi pathologique, incapable d'être seul. Tu m'as dit, un jour, qu'à de rares exceptions près, quand tu voyageais pour le travail par exemple, pour tes tournées de promotion (et même dans ce cas, pas systématiquement), en quarante ans tu n'avais jamais dormi seul. Entre deux épouses, il y avait toujours une petite amie qui traînait. Entre deux petites amies, des aventures d'un soir. (Et puis celles que tu aimais appeler les pas-de-côté, mais avec celles-là il ne s'agissait pas de dormir.)

Je dois ici m'arrêter un instant pour avouer, non sans honte, que je n'ai jamais appris que tu étais tombé amoureux sans éprouver un pincement au cœur, de même que je n'ai jamais réussi à refréner un élan de joie chaque fois qu'on m'a rapporté que tu avais quitté une femme.

Je n'ai pas envie de parler de toi, ni d'entendre ce que les autres ont à dire sur toi. C'est un cliché, bien sûr : si on parle des morts, c'est pour se souvenir d'eux, pour les garder, par les seuls moyens qu'il nous reste, vivants. Mais j'ai découvert que plus les gens en disent à ton sujet, par exemple ceux qui ont fait des discours à ta commémoration – des gens qui t'aimaient, des gens qui te connaissaient bien, des gens qui savent manier les mots – plus j'ai l'impression que tu te délites, que tu deviens une sorte d'hologramme.

Je suis soulagée au moins de n'être pas invitée chez toi. (C'est encore *chez toi.*) Non que j'associe les lieux à des souvenirs particulièrement intenses, après tout je ne suis venue que deux ou trois fois durant les années où cela a été chez toi. Je me souviens très bien, néanmoins, de ma première visite, peu de temps après ton emménagement, tu m'avais fait visiter ton appartement, dans un immeuble en briques typiquement new-yorkais, j'admirais les bibliothèques encastrées, les somptueux tapis sur les parquets en noyer ancien et songeais combien les écrivains contemporains sont encore profondément bourgeois. Une fois, lors d'un magnifique dîner chez un autre écrivain, quelqu'un énonça la fameuse règle de Flaubert : *vivre en bourgeois, penser en demi-dieu*, même si je n'ai jamais compris comment on pouvait imaginer qualifier la vie de ce fou furieux de vie de bourgeois ordinaire. De nos jours (approuva la tablée), le vrai bohémien paresseux n'existait plus, remplacé par le hipster connu pour tout connaître sur tout, avec son statut de consommateur expert au palais fin et autres goûts raffinés. Et qu'on le veuille ou non, poursuivit notre hôte tout en ouvrant une troisième bouteille de vin, de nombreux écrivains confessaient aujourd'hui la gêne, voire la honte, que leur inspirait leur propre mode de vie.

Toi qui t'étais installé plusieurs décennies avant que le coin n'explose, tu étais écœuré de voir Brooklyn devenir une marque, tu n'en revenais pas de constater que ton propre quartier était désormais aussi difficile à appréhender par l'écriture que la contre-culture des années soixante : peu importe la sincérité de chacun, la parodie imprégnait tout, comme une tache d'encre.

Aussi célèbre que la citation de Flaubert, celle de Virginia Woolf : *On ne peut penser bien, aimer bien, dormir bien si on n'a pas bien dîné*. CQFD. Mais l'artiste affamé n'a pas toujours été un mythe, combien de grands penseurs ont-ils vécu en indigents, ou rejoint les fosses des mêmes indigents.

Woolf cite Flaubert, ainsi que Keats, comme des hommes de génie ayant souffert atrocement de l'indifférence du monde à leur égard. Mais si on y pense, quel sort Flaubert aurait-il réservé à Woolf – lui qui disait que toutes les femmes artistes étaient des catins ? Et tous deux créèrent des personnages suicidaires, à l'image de Woolf elle-même.

Il fut un temps – assez lointain, c'est vrai – où nous nous voyions presque tous les jours, toi et moi. Ces dernières années, pourtant, nous aurions aussi bien pu vivre dans des pays que dans des quartiers différents, nous échangions régulièrement mais surtout par email. L'année dernière, par exemple, s'il nous est arrivé de nous croiser à des soirées, des lectures ou autre, c'était le plus souvent par hasard plutôt qu'en l'ayant prévu.

Alors pourquoi ai-je si peur de mettre les pieds chez toi ?

Je crois que si je devais apercevoir un morceau de vêtement t'ayant appartenu, un livre, une photo, si je sentais, même vaguement, ton odeur, je me décomposerais. Et je ne veux pas me décomposer, oh, mon Dieu, non, pas avec ta veuve à côté de moi.

Vous écrivez un livre ? Vous écrivez un livre ? Pour découvrir comment être publié, cliquez ici.

Récemment, depuis que j'écris ce texte, un nouveau message apparaît.

Solitude ? Peur ? Dépression ? Appelez notre numéro vert SOS Suicide 24 h sur 24.

Le seul animal qui se suicide est aussi le seul qui pleure. Cela dit, j'ai également entendu dire que les cerfs, une fois encerclés, épuisés par la chasse et incapables d'échapper à la meute, versent parfois des larmes. On a aussi recensé quelques larmes d'éléphants, et bien sûr les gens ont toujours des tas d'histoires à raconter sur leurs chats et leurs chiens.

Selon les scientifiques, les larmes des animaux sont des larmes de stress, à ne pas confondre avec les larmes émotionnelles des êtres humains.

Chez les humains, la composition chimique des larmes est différente de celle des larmes qui se forment pour nettoyer ou lubrifier l'œil en contact avec une substance irritante. On sait que la libération de ces composants chimiques peut être bénéfique à la personne qui pleure, ce qui explique en partie pourquoi les gens se sentent souvent beaucoup mieux après avoir pleuré un bon coup, et c'est peut-être aussi la raison pour laquelle les chansons ou romans tire-larmes sont toujours aussi populaires.

On raconte que Laurence Olivier était frustré car, contrairement à de nombreux acteurs, il n'arrivait pas à pleurer sur commande. Ce serait intéressant de connaître la composition chimique des larmes produites par un acteur et de voir à laquelle des deux catégories elles appartiennent.

Dans le folklore, et dans beaucoup d'histoires, les larmes humaines, tout comme la semence et le sang humains, peuvent avoir des pouvoirs magiques. À la fin du conte de Raiponce, lorsque, après des années de séparation et de malheur, elle retrouve le prince, le prend dans ses bras, ses larmes coulent dans ses yeux et lui rendent miraculeusement la vue que lui avait ôtée une sorcière.

Dans une des nombreuses légendes à propos d'Édith Piaf, il est aussi question de vue miraculeusement retrouvée. La kératite qui l'avait rendue aveugle plusieurs années durant son enfance était censée avoir été guérie après que des prostituées travaillant dans le bordel de sa grand-mère, qui n'était autre que la maison de la petite Édith, l'emmenèrent en pèlerinage pour honorer sainte Thérèse de Lisieux. Peut-être n'est-ce là qu'un conte de fées de plus, mais le fait est que Jean Cocteau a autrefois décrit Édith Piaf comme ayant, lorsqu'elle chantait, « les yeux d'un aveugle frappé par un miracle, les yeux d'un clairvoyant ».

Mais deux jours durant, je fus aveugle… Qu'avais-je vu ? Je ne le saurais jamais. Ainsi parlait une poétesse relatant un épisode de son enfance, une période marquée par la violence et la misère. Louise Bogan. Qui dit aussi : *Mon expérience de la violence a dû débuter à la naissance.*

Je pensais connaître le conte de Grimm par cœur, j'avais oublié pourtant que le prince tente de se suicider. Il croit la sorcière lorsqu'elle lui dit qu'il ne reverra jamais Raiponce et se jette du haut de la tour. Dans mon souvenir, la sorcière lui crevait les yeux avec ses ongles – d'ailleurs elle le menace bel et bien, lui disant que le chat qui a dévoré son bel oiseau va lui arracher les yeux à coups de griffes. Mais c'est parce qu'il se jette de la tour que le prince perd la vue, il atterrit dans un buisson d'épines qui lui transpercent les yeux.

Cela dit, même enfant, je trouvais déjà la colère de la sorcière légitime. Une promesse est une promesse, et ce n'est pas comme si elle avait menti aux parents en leur demandant d'abandonner leur enfant. Elle s'est bien occupée de Raiponce, l'a protégée du grand méchant monde. Cela ne semblait pas juste, au fond, que le premier bellâtre qui passe puisse la lui enlever.

Durant la période de mon enfance où les contes de fées étaient mes lectures préférées, j'avais un voisin qui était aveugle. Il était adulte, mais vivait toujours chez ses parents. Ses yeux étaient en permanence dissimulés derrière de grosses lunettes noires. Qu'un aveugle ait à ce point besoin de se protéger de la lumière me laissait perplexe. Ce qu'on apercevait du reste de son visage était rude, beau comme *L'homme à la carabine* à la télévision. Il aurait pu être une star de cinéma, un agent secret, mais dans l'histoire que j'avais écrite sur lui, il était un prince blessé et mes larmes avaient le pouvoir de le sauver.

*

« J'espère que l'endroit te convient. C'est gentil à toi d'avoir fait tout ce chemin pour venir. »

Le trajet, comme elle le sait, prend moins de trente minutes, mais elle a la grâce dans le sang. L'Épouse Numéro Trois. Et « l'endroit » est un charmant café à la mode européenne, au coin de la rue où se trouve ton immeuble en briques. (C'est toujours *ton immeuble*.) Le décor idéal, me suis-je dit en entrant et en la découvrant à la table près de la fenêtre – non pas cramponnée à un de ces engins électroniques que les autres personnes seules ont toujours dans les mains (et même certaines qui ne sont pas seules), mais le regard tourné vers la rue – pour une femme aussi élégante et belle.

C'est le genre de femmes qui sait nouer une écharpe de cinquante manières différentes, fut l'une des premières choses que tu nous dis d'elle.

Qu'elle ne fasse pas ses soixante ans, c'est une chose, mais qu'elle donne l'impression qu'il est si facile d'avoir l'air sexy à cet âge, c'en est une autre. Je me souviens comme nous étions tous surpris quand tu as commencé à la fréquenter, une veuve, qui avait presque ton âge. Nous pensions, bien sûr, à l'Épouse Numéro Deux, à d'autres plus jeunes encore, et à tes penchants naturels qui laissaient augurer que tôt ou tard tu sortirais avec une femme plus jeune que ta fille. Nous en avions conclu que les querelles de ton deuxième mariage, dont tu disais qu'elles t'avaient fait prendre dix ans, t'avaient poussé dans les bras d'une femme plus mûre.

Mais tout en l'admirant – coupe et couleur de cheveux parfaites, maquillage, manucure et, même sans la voir, je le sais, pédicure impeccables – je suis incapable de refréner une impression qui m'est venue durant la commémoration, quand je me suis surprise à me souvenir d'un fait divers sur un couple dont l'enfant avait disparu alors qu'ils étaient en vacances. Les jours passaient, l'enfant ne réapparaissait pas, il n'y avait aucune piste, et l'ombre du doute s'était mise à planer sur les parents de l'enfant. Ils avaient été pris en photo sortant du commissariat de police, un couple ordinaire dont les visages ne payaient pas de mine. Ce qui s'était imprimé dans ma rétine, c'était que la femme portait du rouge à lèvres et des bijoux : un collier – un médaillon, il me semble – et une paire de grandes créoles. Que quelqu'un, dans un moment pareil, prenne la peine de se maquiller et de mettre des bijoux me sidérait. Je me serais attendue à ce qu'elle ait l'air d'une clocharde.

Et de nouveau, dans ce café, je songe : elle est l'épouse, celle qui a trouvé le corps. Et pourtant ici, tout comme à la commémoration, elle a fait tout ce qu'il fallait, non pas pour avoir l'air présentable, non pas pour sauver les apparences, mais pour être la plus belle possible : visage, robe, ongles, racines – tout, méticuleusement soigné.

Ce n'est pas une critique, je crois, juste de l'ébahissement.

Elle était différente : c'était l'une des rares personnes de ton entourage à n'être connectée ni de près ni de loin au milieu littéraire ou académique. À sa sortie d'école de commerce, elle avait obtenu un poste de consultante en management dans une entreprise à Manhattan où elle était restée depuis. Mais, elle lit plus que moi, racontais-tu aux gens, d'une manière qui nous faisait toujours grincer des dents. Dès le début, elle s'était montrée polie mais distante à mon égard, disposée à m'accepter comme ta plus vieille amie tout en me considérant comme une simple connaissance. Ce qui valait mieux, bien mieux, que la jalousie maladive de l'Épouse Numéro Deux, qui exigea que tu cesses tout rapport avec moi ou toute autre femme liée à ton passé. Notre amitié l'irritait particulièrement ; elle la qualifiait d'incestueuse.

Pourquoi « incestueuse » ? demandai-je.

Tu haussas les épaules et déclaras qu'elle voulait dire que nous étions trop proches.

Jamais elle n'aurait cru que nous ne baisions pas.

Un jour, nous étions au téléphone et je dis quelque chose qui te fit rire. Je l'entendis, derrière toi, se plaindre qu'elle essayait de lire. Tu l'ignoras et continuas à rire, elle entra alors dans une rage folle. Et te jeta le livre au visage.

Tu refusas. Tu acceptais de me voir moins souvent, mais renoncer à moi purement et simplement, c'était non.

Tu t'accommodas des crises, des objets qui volaient, des cris, des larmes, des plaintes des voisins, durant un temps. Puis tu décidas de mentir. Pendant des années, nous nous retrouvions en cachette, comme si nous étions réellement des amants clandestins. Une invention insensée. Jamais son hostilité ne s'émoussa. Si nos chemins avaient le malheur de se croiser en public, elle me fusillait du regard. Même à la commémoration, elle m'a fusillée du regard. Sa fille – ta fille – n'était pas là. J'ai entendu quelqu'un raconter qu'elle était au Brésil, qu'elle y faisait de la recherche, sur une quelconque espèce menacée – je crois que c'était un oiseau.

Tant de tristesse entre toi et ton unique et lointaine enfant, moins encline encore que sa mère au pardon de son père adultère.

Elle ne comprend pas, disais-tu. Elle a honte de moi.

(Qu'est-ce qui te faisait penser qu'elle ne comprenait pas ?)

Pourtant il n'y avait pas une once de rancœur dans le texte *in memoriam* de l'Épouse Numéro Deux. Tu étais la lumière et l'amour de sa vie, la meilleure chose qui lui soit arrivée. Et voilà que la rumeur raconte qu'elle écrit un livre sur votre mariage. *Une version romancée.* Dans laquelle je découvrirai peut-être si tu lui as dit ou non qu'en réalité nous avons baisé. Une fois. Il y a des années de cela. Bien avant qu'elle te rencontre.

Tout frais sorti de l'école, tu venais juste de commencer à enseigner. Je n'étais pas la première de tes étudiantes à devenir amie avec toi, et c'est dans ce même cours que nous avons tous les deux rencontré l'Épouse Numéro Un. Tu étais le plus jeune enseignant du département, le prodige, le Roméo. Ta conviction était que toute tentative de bannir l'amour de ton cours était vaine. Un grand professeur était un séducteur, disais-tu, parfois même est-il acculé à briser des cœurs. Le fait que je ne saisisse pas vraiment ce dont tu parlais ne rendait pas le propos moins exaltant. Ce qui était clair pour moi, c'était que j'avais soif d'apprendre, et que tu avais le pouvoir de me transmettre ton savoir.

Notre amitié se poursuivit au-delà de l'année scolaire, et cet été-là – au moment même où tu entamais la cour de l'Épouse Numéro Un – nous devînmes inséparables. Un jour, tu me surpris en déclarant que nous devrions baiser. Étant donné ta réputation, je n'aurais pas dû être si étonnée. Mais il s'était passé suffisamment de temps pour que j'aie cessé de guetter le moment où tu te jetterais sur moi. Et voilà que tu me faisais des avances grossières, je ne savais pas quoi en penser. Bêtement, je te demandai pourquoi. Ce qui te fit rire de bon cœur. Parce que, répondis-tu en me caressant les cheveux, nous devrions *découvrir cet aspect l'un de l'autre*. Je ne crois pas qu'il nous soit jamais venu à l'idée ni à l'un ni à l'autre que je pourrais refuser. De tous mes désirs de l'époque – la plus ardente de ma vie, pour sûr –, l'un des plus puissants était celui de placer ma confiance en quelqu'un ; un homme.

Plus tard, je fus mortifiée lorsque tu déclaras que nous avions commis une erreur en voulant essayer d'être plus que des amis.

Pendant un moment, je fis semblant d'être malade, et puis, pour faire durer ce moment, je prétendis avoir quitté la ville. Jusqu'à ce que je tombe bel et bien malade, et t'en blâme, t'en maudisse, incapable d'imaginer que tu puisses de nouveau être mon ami.

Pourtant lorsque nous avons fini par nous revoir, en lieu et place du douloureux embarras que je redoutais, nous étions comme allégés de quelque chose – une certaine tension, une distraction dont je n'avais même jamais eu totalement conscience auparavant.

C'était, bien sûr, le but précis que tu recherchais. Désormais, alors que tu parachevais ta conquête de l'Épouse Numéro Un, notre amitié pouvait croître. Elle survivrait à toutes mes autres amitiés. M'apporterait une joie intense. Et je m'estimais chanceuse : j'avais souffert, mais contrairement à d'autres, je n'avais pas eu le cœur brisé. (En êtes-vous *sûre* ? me provoqua un jour un thérapeute. L'Épouse Numéro Deux n'était pas la seule à trouver qu'il y avait quelque chose de malsain dans notre relation, de même que le thérapeute n'était pas le seul à penser que cela avait à voir avec la pérennité de mon célibat.)

L'Épouse Numéro Un. Un amour indéniablement vrai et passionné. Et cependant, du moins de ton côté, pas un amour fidèle. Avant la fin de votre histoire, elle traversa une dépression. Elle n'a plus jamais été la même, et ce n'est pas exagéré de le dire. Mais toi non plus. Je me souviens combien tu étais déchiqueté lorsqu'elle est sortie de l'hôpital et s'est immédiatement mise avec quelqu'un d'autre.

Quand elle s'est remariée, tu as juré que cela ne t'arriverait jamais, *à toi.* Après quoi, les aventures se succédèrent une décennie durant, la plupart de courte durée, quelques-unes en tous points semblables à des mariages. Pas une dont je me souvienne qui se terminât autrement que par une trahison.

Je n'aime pas les hommes derrière lesquels traîne la trace fumante de pleurs de femmes, disait W. H. Auden. Il t'aurait détesté.

L'Épouse Numéro Trois. Je me souviens de toi disant qu'elle était un roc. (*Mon* roc, disais-tu.) L'aînée d'une fratrie de neuf, qui, enfant, avait dû supporter le poids d'énormes responsabilités lorsque sa mère avait développé une maladie handicapante, tandis que son père luttait pour cumuler deux emplois. La seule chose que je savais sur son premier mariage était que son mari était mort dans un accident d'alpinisme et qu'ils avaient un enfant : un fils.

C'est la première fois qu'elle et moi nous retrouvons seules. Comme je ne l'ai jamais vue autrement que sur la réserve, je suis surprise de la découvrir affable, la langue aussi déliée par son expresso qu'elle le serait par du vin. Elle fait toujours ce truc avec sa tête, toujours à la balancer d'avant en arrière tandis qu'elle parle, lentement – est-ce qu'elle essaie de m'hypnotiser ? Elle paraît nerveuse, malgré la douceur et le calme de sa voix.

Tu n'es pas la première personne à s'être suicidée dans sa vie, dit-elle.

« Mon grand-père s'est tiré une balle. J'étais encore très jeune quand c'est arrivé, je n'ai aucun souvenir de lui. Mais sa mort a laissé une empreinte très forte sur mon enfance. Mes parents n'en parlaient jamais, pourtant c'était là, constamment, tel un nuage flottant au-dessus de notre maison, une araignée dans un coin, un squelette dans le placard. C'était mon grand-père paternel et on avait implanté dans mon esprit l'interdiction totale d'interroger mon père à son sujet. Plus grande, je réussis cependant à faire parler ma mère. Elle me raconta que son suicide avait été un choc total. Il n'avait pas laissé de mot et personne, dans son entourage, n'avait la moindre idée de la raison qui aurait pu le pousser à commettre un tel acte. Jamais il n'avait manifesté de signe de dépression, encore moins d'idées noires. Pour mon père, le mystère ne fit qu'empirer les choses, il persista longtemps dans la certitude que ce devait être un crime. Ma mère prétendait qu'il semblait plus en colère contre son père pour son absence d'explication que pour son absence tout court. À ses yeux, manifestement, un suicide impliquait un motif. »

Toi, en revanche, tu étais dépressif depuis toujours. Et tu avais touché le fond, dit-elle, durant ces six mois de l'année dernière où tu pouvais à peine sortir du lit le matin et n'écrivais plus une ligne. Ce qui est étrange, pourtant, c'est que tu t'étais rétabli, que tu avais surmonté cette crise et que tu étais, depuis l'été au moins, dans de bonnes dispositions. La traversée du désert était finie, dit-elle, et après de nombreux faux départs, tu t'étais finalement lancé dans un projet qui t'exaltait.

Chaque matin, tu t'attelais à ton ouvrage, et la plupart du temps, à la fin de la journée, tu étais satisfait de ce que tu avais écrit. Tu lisais beaucoup, ainsi que tu le faisais toujours quand tu écrivais un roman. Et tu avais repris une activité physique.

Une des choses qui t'avaient fait sombrer l'année précédente, explique-t-elle, était que tu t'étais blessé le dos en transportant des cartons, ce qui t'avait empêché de faire de l'exercice des semaines durant. Même marcher était douloureux. Et tu te souviens de son mantra, ajoute-t-elle : Si je ne peux pas marcher, je ne peux pas écrire. Mais la douleur avait fini par s'en aller et tu avais recommencé tes longues marches et tes footings dans le parc.

« Il avait repris une vie sociale aussi, il revoyait tous les gens qu'il avait évités durant sa dépression. Est-ce que tu savais qu'il avait même adopté un chien ? »

Effectivement, tu m'avais envoyé un email en me parlant de ce chien, tu l'avais trouvé en courant, tôt, un matin. Il était debout, en surplomb, sa silhouette se découpait sur le ciel : c'était le plus gros chien que tu avais jamais vu. Un grand danois arlequin. Ni collier ni tatouage, ce dont tu conclus, malgré la pureté de sa race, qu'il devait avoir été abandonné. Tu fis ton possible pour retrouver son propriétaire et, lorsque tout eut échoué, tu décidas de le garder. Ta femme était horrifiée. Elle n'aime pas vraiment les chiens à la base, dis-tu, et Dino en vaut plusieurs. Au moins quatre-vingt-six centimètres au garrot. Pour quatre-vingt-deux kilos. En pièce jointe du mail, il y avait une photo de vous deux, joue contre babines, au premier regard, la tête énorme évoquait davantage un poney.

Plus tard, tu renonças à ce nom, Dino. Il était trop illustre pour un nom pareil, disais-tu. Que pensais-je de Chance ? Chanceux ? Diego ? Watson ? Rolfe ? Arlo ? Alfie ? Tous ces noms me paraissaient convenables. Finalement tu optas pour Apollon.

L'Épouse Numéro Trois me demande si je connaissais ton ami qui s'était suicidé quelques mois seulement avant toi.

Nous ne nous sommes jamais rencontrés, réponds-je. Mais tu m'avais parlé de lui.

« Eh bien, le pauvre homme avait une santé épouvantable. Il avait de l'emphysème, un cancer, une angine et du diabète – sa qualité de vie était franchement atroce. »

Alors que toi, tu étais en pleine forme, le cœur et la tonicité musculaire d'un jeune homme, d'après ton médecin.

Un silence, suivi d'un soupir presque inaudible tandis qu'elle tourne la tête vers la fenêtre, ratissant la rue du regard, comme si la réponse qu'elle cherchait allait apparaître ; n'accusant finalement qu'un petit retard.

« Ce que je veux dire, c'est qu'il avait beau avoir des moments de creux et ne pas trouver particulièrement agréable de vieillir, comme nous tous, il semblait vraiment épanoui. »

Comme je ne réponds rien – qu'est-ce que je devrais répondre ? –, elle continue : « Je pense que c'était une erreur qu'il arrête d'enseigner. Pas uniquement parce qu'il aimait cela mais parce que cela structurait son existence d'une manière qui lui était bénéfique, je le sais. Cependant je sais aussi que cela ne le rendait plus aussi heureux qu'autrefois. En fait, il passait son temps à se plaindre. Enseigner était devenu trop démoralisant, disait-il, surtout pour un écrivain. »

Mon téléphone vibre. Le message n'a rien d'urgent mais je remarque l'heure avec un soupçon d'anxiété. Non que j'aie rendez-vous ailleurs, je n'ai pas d'autres projets pour aujourd'hui. Néanmoins cela fait déjà une demi-heure que nous sommes là, nos tasses sont vides et je ne sais toujours pas ce que je fais ici. J'attends qu'elle mette le vrai sujet sur le tapis, le sujet délicat à aborder et qui me semble, à moi, plus difficile encore à évoquer, car je ne sais pas ce qu'elle pense ni ce qu'elle sait vraiment. Plusieurs raisons me viennent à l'esprit qui t'auraient poussé à ne pas tout lui dire, par exemple, sur ce groupe d'étudiantes qui s'étaient plaintes que tu t'adresses à elles en leur donnant du « ma chère ».

Je trouvais que les étudiantes avaient bien fait les choses. Elles t'avaient adressé leur lettre, à toi, uniquement à toi.

Sans doute pensais-tu que c'était charmant, écrivaient-elles. Avilissant, voilà ce que c'était. Inapproprié. Il fallait que tu cesses.

C'est ce que tu avais fait, non sans te vexer. Car c'était une habitude parfaitement inoffensive, que tu avais prise depuis… combien d'années ? Depuis le début de ta carrière d'enseignant. Et durant tout ce temps, pas un regard de travers, de personne. Et voilà que tout le monde – toutes les femmes de ton cours (qui, comme tous les cours d'écriture, était essentiellement féminin) – avait signé la lettre. Bien entendu, tu avais le sentiment qu'elles s'étaient liguées contre toi.

Quelle mesquinerie, hein, j'étais d'accord, non ? N'est-ce pas que je voyais toute l'absurdité et la mesquinerie de la chose ? Si seulement elles s'agitaient autant pour enrichir leur vocabulaire !

Ce fut une de nos rares querelles.

Moi : le fait que personne ne t'ait jamais rien dit ne signifie pas que personne n'ait jamais désapprouvé.

Toi : Eh bien, en ce qui me concerne, si personne n'a jamais rien *dit*, alors personne n'a jamais *désapprouvé*.

J'avais bêtement (j'admets volontiers que c'était irréfléchi) répliqué en évoquant ce poète célèbre qui avait enseigné dans le même programme que toi des années auparavant, et qui, dans le processus de sélection des étudiants désireux d'assister à son cours, demandait à rencontrer les femmes en personne afin de pouvoir les choisir en fonction de leur physique. *Et qui s'en était sorti sans être inquiété.*

Je crus que ta tête allait exploser. Quelle comparaison infamante ! Comment osais-je sous-entendre que tu aies jamais fait une chose de cet ordre.

Désolée.

Mais durant toutes ces années, tu avais bel et bien enchaîné les aventures avec des étudiantes et des anciennes étudiantes.

Tu n'as jamais vu quel pouvait être le problème. (*Si je pensais que c'était mal, je ne le ferais pas.*) Par ailleurs, il n'y avait aucune loi qui l'interdisait. Et je ne vois pas pourquoi il y en aurait une, disais-tu. Une salle de classe était l'endroit le plus érotique du monde. Le nier était tout simplement puéril. Il suffit de lire George Steiner. *Maîtres et disciples*. Je lus George Steiner, qui avait été l'un de tes professeurs, révéré, adulé. Je lus

Maîtres et disciples, et je cite : *L'érotisme, masqué ou déclaré, fantasmé ou accompli, est intrinsèquement lié à l'enseignement... Et la fixation sur le harcèlement sexuel n'a fait que rendre trivial ce fait élémentaire.*

Sous-entendu : j'étais une hypocrite. Et nous savions tous les deux que rien ne me ravissait davantage à l'époque que de t'entendre m'appeler ma chère.

Ce qui te permettait également de me rappeler que, dans un certain nombre de cas, c'étaient les étudiantes qui te courtisaient.

Mais je me souviens d'une femme, il y a longtemps, une étudiante étrangère, qui, après avoir repoussé tes avances, t'avait ensuite accusé de l'en avoir punie en lui donnant un A- à la place du A qu'elle méritait. Il se trouve que cette étudiante justement était coutumière de ce genre de réclamations sur les notes, et le comité qui enquêta sur la plainte conclut que le A-, s'il était suspect, était généreusement suspect. Néanmoins : même si les relations amoureuses entre enseignants et élèves n'étaient pas officiellement interdites, ton comportement trahissait un manque de réserve et de jugement moral, et ne pouvait être toléré.

C'était un avertissement. Que tu ignoras. Et dont tu te sortis sans être inquiété.

Il te fallut des années pour changer. En fait, il fallut que tu vieillisses.

Tu venais de fêter tes cinquante ans. Tu avais pris dix kilos, que tu finirais par perdre, mais pas immédiatement. Tu arrivas au bar, gris déjà, achevas de te saouler, et de déverser tes tripes. J'aurais voulu que tu arrêtes, je détestais quand tu parlais des femmes. Ce n'était pas de la jalousie, ce n'en était plus, et je peux jurer que j'avais fait la paix avec cette part de toi depuis longtemps. Ce que je détestais, c'était être embarrassée par toi. Tu savais que je ne pouvais rien faire, mais il fallait que tu me montres ta plaie béante. Même si cela impliquait de te mettre à nu de manière indécente.

Elle a dix-neuf ans et demi – assez jeune encore pour compter les « demis ». Elle ne t'aime pas, ce qui t'est tout à fait supportable (pour être honnête, tu préfères, même). Ce que tu ne supportes pas, c'est qu'elle ne te désire pas. Parfois, elle simule le désir, quoiqu'elle n'y mette jamais vraiment de conviction. La plupart du temps, elle est juste trop paresseuse pour ça. La vérité, c'est que le sexe lui est égal. Ce n'est pas pour ça qu'elle est avec toi. Le sexe qui l'intéresse, elle le trouve ailleurs, et tu le sais parfaitement.

Désormais c'est devenu un schéma typique : ces femmes jeunes qui veulent coucher avec toi mais ne partagent absolument pas le désir qui te pousse vers elles. Ce qui les pousse, elles, c'est le narcissisme, l'excitation de mettre à leurs genoux un homme incarnant l'autorité.

Dix-neuf ans et demi tient ton cœur entre ses mains. Ttt, ttt, par ici – non, plus par là, professeur.

Tu aimes à dire (c'est une citation de quelqu'un d'autre, je pense) que les jeunes femmes sont la population la plus puissante au monde. Je ne me prononcerais pas, en revanche chacun sait à quelle sorte de puissance cela fait référence.

La promiscuité a toujours été une seconde nature chez toi (apparemment, ton père, avant toi, était pareil). Et avec ton physique, ton habileté oratoire, ton accent raffiné et ton assurance, tu n'as jamais eu de difficultés à attirer les femmes qui te plaisaient.

L'intensité de ta vie amoureuse n'était pas simplement accessoire, elle était essentielle à ton travail. Balzac se lamentant d'avoir englouti un livre dans une nuit de passion, Flaubert soutenant que l'orgasme vidait l'homme de sa substance créatrice – le sacrifice de la vie sur l'autel de l'écriture, au prix d'une abstinence sexuelle aux frontières de l'humainement supportable –, des fables intéressantes certes, mais au fond, des foutaises. Si ce genre de peurs était fondé, les moines seraient les personnes les plus créatives du monde, arguais-tu. Après tout, nombre de grands auteurs étaient aussi de grands séducteurs, ou du moins étaient-ils connus pour leurs appétits sexuels. On écrit pour deux personnes, citais-tu Hemingway. D'abord pour soi-même, puis pour la femme qu'on aime. Toi-même n'écrivais jamais mieux que durant ces périodes où tu prenais du plaisir en quantité. Avec toi, le début d'une liaison coïncidait souvent avec un bond de ton efficacité. C'était une de tes excuses pour tromper tes femmes. J'étais bloqué, il fallait que je rende mon roman, te défendis-tu une fois. Et tu ne plaisantais pas le moins du monde.

L'accumulation des conquêtes te causait des soucis, mais cela en valait la peine, disais-tu. Bien entendu, jamais tu n'envisageas sérieusement de changer.

Que ce changement doive finalement advenir – sans que tu aies ton mot à dire – semblait ne t'avoir jamais inquiété.

Un jour, dans une salle de bains d'hôtel, tu reçus un électrochoc. C'était un miroir en pied, posé juste à la sortie de la douche. Il n'y avait rien de réellement hideux pour un homme de ton âge. Mais sous les spots éclatants, la vérité était incontestable.

Aucune femme ne peut être excitée par un tel corps.

Un pouvoir a été retiré, qui ne pourra plus jamais être reconquis.

Cela t'avait fait l'effet, disais-tu, d'une castration.

Mais c'est exactement ce que signifie vieillir, non ? Une castration au ralenti. (Suis-je en train de te citer ? Est-ce que c'est tiré d'un de tes livres ?)

La conquête des femmes était une si grande partie de ta vie que tu pouvais à peine imaginer vivre sans. Qui serais-tu sans cela ?

Quelqu'un d'autre.

Personne.

Tu n'étais pas prêt à abandonner cependant. Pour commencer, il y avait toujours l'option putes. Et tu étais loin d'avoir fini de mettre des étudiantes dans ton lit. Après tout, ce n'était pas comme si tu découvrais le phénomène, pour les jeunes, à trente ans déjà un homme est passé de l'autre côté.

Mais jusque là tu n'avais jamais eu à te contenter d'accouplements où l'autre se soumettait – se soumettait complètement – complètement et sans désir.

Un autre miroir : *Disgrâce*, de J. M. Coetzee. L'un de tes – de nos – livres préférés par l'un de tes auteurs préférés.

David Lurie : même âge, même profession, mêmes penchants. Même crise. Au début du roman, il décrit ce qu'il envisage comme l'inévitable destin de l'homme vieillissant : devenir le genre de type qui donne des frissons aux prostituées, *le genre de frissons qu'on a face à un cafard dans le lavabo au milieu de la nuit.*

Dans le bar, ivre et sentimental à présent, tu me racontes ce baiser que tu as voulu donner à cette fille, comme elle s'est crispée en se rétractant. J'ai un torticolis, s'est-elle excusée.

Pourquoi est-ce que tu n'arrêtes pas de la voir ? dis-je – mécaniquement, sans réfléchir, alors que je sais parfaitement bien que tu es incapable de t'épargner davantage d'humiliation.

David Lurie est si horrifié par la dégradation de son état – dépouillé de tout attrait sexuel et cependant convulsé de désir – qu'il se surprend à songer à la castration, à la possibilité de recourir à un médecin pour le faire, ou bien de prendre un gros manuel et de le faire lui-même. Après tout, serait-ce réellement plus répugnant que les antiques attributs d'un vieux dégueulasse ?

Au lieu de cela, il abuse d'une de ses étudiantes, et plonge tel un boulet de canon vers la disgrâce qui causera sa perte.

Tu avais lu ce livre avec ta chair.

Mais tu eus plus de chance que le professeur Lurie. Jamais tu ne connus la disgrâce. L'embarras, souvent. La honte, parfois. Mais jamais la vraie, l'irrémédiable disgrâce.

L'Épouse Numéro Un avait une théorie. Il y a deux sortes d'hommes à femmes, disait-elle. Ceux qui aiment les femmes et ceux qui les détestent. D'après elle, tu appartenais à la première catégorie. D'après elle encore, les femmes avaient tendance à pardonner et à comprendre davantage ta catégorie. Et avaient moins tendance à vouloir se venger d'eux lorsqu'elles étaient trompées.

Bien entendu, cela aide quand en plus l'homme est un artiste, ajoutait-elle, ou qu'il est investi d'une quelconque noble vocation.

Ou qu'il est une sorte de hors-la-loi, songeais-je également. Les hors-la-loi plus encore que les autres.

Q : Qu'est-ce qui définit l'appartenance d'un séducteur à une catégorie ou une autre ?

R. : Sa mère, bien sûr.

Tu me l'avais prédit, pourtant : si je continue à enseigner, tôt ou tard, je sombrerai dans le chagrin.

C'était également ma crainte. Tu étais un Lurie parmi d'autres dans mes amis : des hommes fougueux, priapiques, risquant leur carrière, leur santé, leur mariage – tout. (Quant au *pourquoi*, face à des enjeux de cette ampleur, la seule explication que j'aie pu trouver est la suivante : parce que les hommes sont ainsi.)

Jusqu'à quel point l'Épouse Numéro Trois est-elle au courant de tout cela ? Jusqu'à quel point s'en soucie-t-elle ?

Je n'en ai aucune idée et je n'ai aucune envie de le découvrir.

Elle reprend, comme si j'avais pensé à haute voix : « Je vais te dire pourquoi j'ai tenu à te parler. » À ces mots, pour une raison mystérieuse, mon cœur se met à battre dans ma poitrine. « C'est au sujet du chien.

— Du chien ?

— Oui, je voulais savoir si tu serais d'accord pour le prendre.

— Le prendre ?

— Lui offrir un foyer. »

C'était sûrement la dernière chose à laquelle je m'attendais. Je me sens aussi soulagée qu'agacée. Je ne peux pas, lui dis-je. Les chiens ne sont pas autorisés dans mon immeuble.

Elle m'adresse un regard soupçonneux, puis me demande si je t'en avais parlé.

Je ne sais pas, dis-je. Je ne m'en souviens pas.

Elle marque un temps d'arrêt, puis elle me demande si je sais dans quelles circonstances tu as recueilli ce chien. Sans raison particulière, je secoue la tête. Je la laisse me raconter cette histoire que je connais déjà. Lorsque tu as décidé que tu voulais garder le chien, elle et toi aviez eu une énorme dispute. Un si bel animal – comment pouvait-elle ne pas éprouver de compassion pour cette pauvre créature, abandonnée de la sorte ? Mais elle n'aimait pas les chiens, ne les avait jamais aimés, et ce chien – ce n'est pas un méchant chien, au contraire, c'est un chien très gentil, mais il occupe beaucoup d'espace. Elle t'avait dit qu'elle refusait de partager la moindre responsabilité le concernant – par exemple le garder quand tu devais t'absenter.

« Je l'ai supplié de trouver quelqu'un d'autre pour s'en occuper, et c'est là que ton nom a été mentionné.

— Ah bon ?

— Oui.

— Pourtant il ne m'en a jamais rien dit.

— C'est parce qu'il voulait vraiment garder ce chien. Et puis il avait fini par m'avoir à l'usure. Mais ton nom est revenu plusieurs fois. Elle vit seule, elle n'a pas de compagnon, pas d'enfant, pas d'animal non plus, elle travaille chez elle le plus souvent, et elle adore les animaux – c'est ce qu'il a dit.

— Il a dit ça ?

— Je n'inventerais pas.

— Ce n'est pas ce que je voulais dire – je suis juste surprise. Il ne m'en a jamais parlé, je n'ai même jamais rencontré ce chien. C'est vrai, j'aime les animaux, mais je n'ai jamais eu de chien. Des chats seulement, je suis une femme à chats. Enfin, de toute façon, je ne peux pas le prendre. C'est interdit par mon bail.

— Oui, tu l'as déjà dit. » Un tremblement dans la voix. « Eh bien, dans ce cas, je ne sais pas ce que je suis censée faire. » Ses épaules se sont effondrées. Après tout ce qu'elle a traversé.

« Je suis sûre qu'il y a des tas de gens qui seraient ravis d'accueillir un chien de pure race, lui dis-je.

— Tu crois ça ? Si c'était un mignon petit chien, peut-être. De toute façon, tu sais, la plupart des gens qui veulent un chien en ont déjà un. »

N'y a-t-il personne dans sa famille qui pourrait le prendre ? La question semble l'irriter.

« Mon fils et sa femme viennent d'avoir un bébé. Ils ne peuvent pas héberger un chien bizarre et géant sous leur toit. »

Quant à sa belle-fille : impossible. « Elle passe trop de temps sur le terrain, elle n'a même pas d'adresse permanente. »

« Je suis sûre qu'il doit y avoir quelqu'un, dis-je. Laisse-moi demander à droite à gauche. » En réalité, je n'ai pas beaucoup d'espoir. Elle a raison : ceux qui veulent un chien en ont déjà un. Et tous les gens n'en ayant pas qui me viennent à l'esprit ont au moins un chat.

« Et tu ne peux absolument pas le garder ? l'interrogé-je, sans toutefois formuler ma conviction profonde que ce serait dans l'ordre des choses.

— Je l'ai envisagé, dit-elle mais cela sonne creux à mes oreilles. D'une part, parce que ce ne serait pas un engagement de très longue durée. L'espérance de vie d'un grand danois est brève, six à huit ans peut-être, et, selon le vétérinaire, Apollon a déjà dans les cinq ans. Mais la vérité, c'est que je n'ai jamais voulu de lui, et j'en veux encore moins maintenant. Si je devais être obligée de le garder, je sais que je finirais par le détester. Et je n'ai pas envie de vivre avec ça. Avec ce sentiment en permanence, parasitant mes sentiments déjà compliqués à l'égard de... » À ton égard, sous-entend-elle sans le dire. « Ce serait trop. »

Je hoche la tête pour manifester ma compréhension.

« Et puis j'avais prévu de prendre ma retraite bientôt, ajoute-t-elle. Et maintenant que je suis toute seule, je crois que je voudrais voyager davantage. Je n'ai pas envie d'être lestée par un chien dont je n'ai jamais voulu. »

J'acquiesce à nouveau. Vraiment, je la comprends.

Quelqu'un a suggéré qu'elle explore la piste des refuges, mais tous ceux qu'elle a contactés avaient de longues listes d'attente. Et puis c'est trop douloureux d'imaginer ce que tu aurais ressenti en sachant qu'elle allait donner ton chien adoré à un inconnu ou le mettre à la fourrière. « Mais il faudra peut-être que je m'y résigne. Il ne peut pas passer le reste de sa vie dans un chenil. Entre autres raisons, parce que cela coûte une fortune.

— Tu l'as mis dans un chenil ?

— Je l'ai mis dans un chenil, réplique-t-elle, hérissée par le ton de ma voix, je ne savais pas quoi faire d'autre. On ne peut pas expliquer le concept de mort à un chien. Il ne comprenait pas que Papa n'allait plus jamais rentrer à la maison. Il attendait devant la porte jour et nuit. Pendant un moment, il avait même cessé de s'alimenter, j'avais peur qu'il finisse par mourir de faim. Mais le pire, c'était ce bruit qu'il faisait de temps à autre, ce hurlement, ce gémissement, quoi que ce soit. Pas très fort, juste étrange, comme un fantôme, un truc bizarre. Encore et encore. J'essayais de le distraire avec une friandise mais il détournait la tête. Une fois, il a même grogné contre moi. Cela se produisait la nuit parfois. J'étais tirée de mon sommeil par ce bruit, incapable de me rendormir. Je restais là, allongée dans mon lit, à l'écouter, avec l'impression que j'allais devenir folle. Chaque fois que j'arrivais à me reprendre, j'étais rattrapée par cette attente devant la porte, par cette mélopée, et je sombrais à nouveau. Il fallait que je le fasse sortir de la maison. Et maintenant qu'il est parti, ce serait cruel de le faire revenir. Plus jamais il ne sera heureux dans cette maison, je n'y crois pas. »

Je songe à l'histoire de ce chien, Hachiko, l'akita qui se rendait à la gare de Shibuya à Tokyo pour attendre le train qui ramenait quotidiennement son maître du travail – jusqu'au jour où le maître mourut soudain et Hachiko attendit en vain. Pourtant, le lendemain, et tous les autres jours après, dix années durant, le chien venait à la gare guetter le train à l'heure habituelle.

Personne n'était parvenu à expliquer la mort à Hachiko. On ne parvint qu'à bâtir une légende sur son nom, érigeant une statue en son honneur, chantant ses louanges jusqu'à aujourd'hui, près d'un siècle plus tard.

Chose incroyable, Hachiko ne détient pourtant pas le record. Fido, un chien venu d'une petite ville près de Florence, en Italie, attendit son maître (mort dans un raid aérien pendant la Seconde Guerre mondiale) à l'arrêt de bus où il avait l'habitude de descendre en rentrant du travail chaque jour durant *quatorze* ans. Et avant Hachiko, il y avait eu Greyfriars Bobby, un terrier Skye qui passa chaque soir des quatorze dernières années de *sa* vie sur la tombe de *son* maître, qui était mort à Édimbourg, en Écosse en 1858.

Il est intéressant de constater que les gens considèrent toujours de tels comportements comme des exemples d'extrême loyauté plutôt que d'extrême stupidité ou d'une quelconque déficience mentale. En ce qui me concerne, j'ai des doutes sur cette histoire d'un chien quelque part en Chine qui se serait noyé volontairement suite à un décès. Ce genre d'histoires est la raison principale pour laquelle j'ai toujours préféré les chats.

« Et si tu le prenais juste un moment ? Même temporairement, ce serait un grand service. Le propriétaire ne peut pas s'y opposer si le chien est juste de passage. »

Ce n'est pas uniquement le propriétaire, lui expliqué-je. Mon appartement est *minuscule*. Un chien de cette taille n'a même pas la place d'y faire un demi-tour.

« Oh, mais c'est un chien de garde. Il a besoin d'exercice, certes, mais beaucoup moins que la plupart des races. Même sans laisse, il ne s'éloigne jamais vraiment de son maître. Et tu verras, il est très obéissant. Il a été très bien élevé. Il n'aboie pas à tort et à travers. Il ne casse jamais rien. Il est propre. Il ne monte pas sur les lits.

— Je suis sûre que tout cela est vrai, mais…

— Son dernier bilan chez le vétérinaire date d'il y a à peine quelques mois. Il est en très bonne santé, à part un peu d'arthrite, ce qui est très banal chez les grands chiens de son âge. Inutile de te préciser qu'il est à jour de ses vaccins. Oh, je sais que c'est beaucoup demander, mais je voudrais vraiment pouvoir faire sortir cette pauvre créature de ce maudit chenil ! Et cependant si je le ramène à la maison, je sais d'avance qu'il passera le reste de sa vie à attendre devant la porte. Il mérite mieux, tu ne crois pas ? »

Oui, je crois, et mon cœur se brise.

On ne peut pas expliquer la mort.

Et l'amour mérite mieux.

Deuxième partie

La plupart du temps, il m'ignore. Il pourrait aussi bien vivre seul ici. De temps à autre, il croise mon regard mais détourne les yeux immédiatement. Ses grands yeux noisette sont frappants d'humanité ; ils me rappellent les tiens. Je me souviens de cette fois où, devant quitter la ville, j'avais confié ma chatte à un petit ami. Ce n'était pas un amateur de chats, pourtant il m'avait raconté, par la suite, combien il avait aimé la garder car, disait-il, tu me manquais, et l'avoir avec moi, c'était comme avoir un peu de toi tout près de moi.

Avoir ton chien avec moi, c'est comme avoir un peu de toi tout près de moi.

Son expression ne change pas. C'est l'expression que j'imagine dans les yeux de Greyfriars Bobby couché sur la tombe de son maître. Je ne l'ai pas encore vu remuer la queue. (Elle n'est pas coupée, en revanche ses oreilles le sont – de manière tristement inégale, ce qui fait que l'une des deux est plus petite que l'autre. Il a également été castré.)

Il ne monte pas sur les lits.

S'il monte sur les meubles, a précisé l'Épouse Numéro Trois, tout ce que tu as à dire pour qu'il redescende, c'est *En bas*.

Depuis qu'il s'est installé chez moi, il passe le plus clair de son temps sur le lit.

Le premier jour, après avoir reniflé les quatre coins de l'appartement – indolemment, sans curiosité ni entrain particuliers – il avait grimpé sur le lit et s'y était effondré dans un soupir.

Tandis que *En bas* s'évanouissait dans ma gorge.

J'avais attendu qu'il soit l'heure d'aller se coucher. Avant cela, il avait avalé son bol de croquettes et s'était laissé promener sans protester mais sans plus d'enthousiasme ni d'attention pour le monde extérieur qu'intérieur. Même croiser un autre chien ne le tirait pas de son apathie. (Lui, en revanche, ne manque jamais d'attirer l'attention. Il va me falloir du temps pour m'habituer à cette impression d'être un spectacle ambulant, constamment photographié, fréquemment interrompu : Combien pèse-t-il ? Qu'est-ce qu'il mange ? Est-ce que vous avez essayé de monter sur son dos ?)

Il marche la tête basse, comme une bête de somme.

En rentrant à la maison, il était allé directement dans la chambre et s'était affalé sur le lit.

L'épuisement du deuil, avais-je pensé. Car je suis convaincue qu'il a compris. Il est beaucoup plus intelligent que les autres chiens. Il sait que tu es parti pour de bon. Il sait qu'il ne retournera jamais dans l'immeuble de briques.

Parfois il s'étire de tout son long face au mur.

Une semaine s'est écoulée et j'ai l'impression d'être sa geôlière plus que la personne qui prend soin de lui.

Le premier soir, en entendant prononcer son nom, il avait levé la tête d'un bloc, l'avait fait pivoter par-dessus son épaule, et m'avait jeté un regard en coin. Tandis que je me rapprochais du lit, fermement décidée à le faire descendre, il avait commis l'impensable : il avait grogné.

La plupart des gens sont étonnés que je n'ai pas eu peur. Ne me suis-je pas dit qu'il pourrait faire pire que grogner la fois d'après ?

Non. Ça ne m'a jamais traversé l'esprit.

Ce que j'y ai vu, en revanche, c'est une version de la bonne vieille plaisanterie : où dort un gorille de cinq cents livres[1] ?

Je n'avais pas été parfaitement honnête avec l'Épouse Numéro Trois, quand je lui avais dit que je n'avais jamais eu de chien. Il m'est arrivé plus d'une fois de partager le toit de quelqu'un qui avait un chien. Dans un cas, le chien était un croisement entre un grand danois et un berger allemand. Donc je n'étais pas complètement novice en matière de chiens, de grands chiens, de grand danois en particulier. J'étais au courant, bien sûr, de la passion que cette espèce voue à la nôtre, même s'ils ne sont pas tous aussi fervents que Hachiko et ses compères. Nul n'ignore que le chien est la quintessence du dévouement. Mais c'est justement ce dévouement à l'égard des humains, si instinctif qu'il s'offre gratuitement à chacun, même à des personnes qui ne le méritent pas, qui m'a toujours fait préférer les chats. Je préfère un animal qui peut survivre sans moi.

1. C'est effectivement une plaisanterie très populaire : « Où dort un gorille de cinq cents livres ? » La réponse est : « Où il veut. »

Là où j'avais été parfaitement honnête avec l'Épouse Numéro Trois, c'était sur la taille de mon appartement : à peine quarante-cinq mètres carrés. Deux pièces quasiment équivalentes, une kitchenette et une salle de bains si étroite qu'Apollon y entre et sort comme un cheval dans un box. J'ai un matelas gonflable dans le placard de la chambre, je l'avais acheté il y a quelques années quand ma sœur était venue me rendre visite.

Quand je me réveille, c'est le milieu de la nuit. Les volets sont ouverts, la lune, haute dans le ciel, diffuse une lumière généreuse dans laquelle je distingue ses yeux brillants et le noir luisant de sa truffe en forme de prune. Je suis allongée, immobile, sur le dos, dans le brouillard nauséabond de son haleine. Un moment s'écoule, qui me semble interminable. Toutes les trois ou quatre secondes, une goutte se détache de sa langue et vient éclabousser mon visage. Finalement il dépose l'une de ses énormes pattes, de la taille d'un poing d'homme, au milieu de ma poitrine, et la laisse là : un poids mort (le heurtoir à la porte d'un château).

Je ne prononce pas un mot, ne fais pas un geste, ne tends pas la main pour le caresser. Il doit sentir mon cœur battre. Il me vient tout à coup l'idée terrifiante qu'il pourrait décider de s'étaler de tout son poids sur moi, m'évoquant ce fait divers d'un chameau qui avait tué son gardien en le mordant, en lui donnant des coups de patte et en finissant par s'asseoir sur lui ; les sauveteurs avaient dû nouer une corde à un camion pour extirper la bête du corps de sa victime.

Enfin la patte se retire. C'est au tour de la truffe de venir se nicher dans le creux de mon cou. Provoquant des chatouilles insupportables, mais que j'arrive à maîtriser malgré tout. Il renifle tout autour de ma tête, avant de se blottir entièrement le long de mon corps, il me pousse violemment de temps à autre, comme s'il cherchait à atteindre quelque chose qui serait coincé sous mon poids. Enfin, après un éternuement impressionnant, il retourne se coucher sur le lit, et nous nous rendormons.

La scène se reproduit chaque soir : durant quelques minutes, je fais l'objet d'une intense fascination. Alors que, pendant la journée, il demeure dans son monde, m'ignorant la plupart du temps. Quel est ce phénomène ? Je me souviens d'une chatte qui refusait obstinément que je la câline ou la prenne sur mes genoux ; pourtant le soir, dès que j'étais endormie, elle venait se percher sur ma hanche et s'endormait là.

Vrai également : l'interdiction des chiens dans mon immeuble. Je me souviens qu'en signant le bail, cela ne m'avait rien inspiré de particulier. Je m'installais avec deux chats ; la dernière chose qui me serait venue à l'esprit, ç'aurait été de prendre un chiot. Le propriétaire vit en Floride ; je ne l'ai jamais rencontré. Le concierge habite l'immeuble voisin, qui appartient au même propriétaire. Hector est originaire du Mexique. D'ailleurs le jour où j'ai ramené Apollon à la maison, il était au Mexique pour le mariage de son frère. Le jour même de son retour, nous étions tombés nez à nez avec lui alors que nous partions en promenade. Je me suis précipitée dans des explications : le maître du chien était mort brutalement, personne d'autre que moi ne pouvait s'occuper du chien, c'était temporaire. Explication qui me semblait, même à moi, beaucoup plus plausible que l'idée que je sois là en train de faire une chose susceptible de me coûter le bail d'un appartement à loyer bloqué en plein Manhattan, un appartement auquel depuis trente ans, même durant les périodes où j'ai dû habiter loin de New York – par exemple quand j'enseignais ailleurs –, j'ai toujours pris grand soin de m'accrocher.

Vous ne pouvez pas garder cet animal ici, a répondu Hector. Même de manière provisoire.

Un ami m'avait informée d'une loi spécifiant que si un occupant garde un chien dans un appartement pendant une période de trois mois, durant laquelle le propriétaire n'engage aucune poursuite pour expulser l'occupant, alors l'occupant peut garder le chien et ne peut plus être expulsé pour ce motif. Ce qui me semblait douteux. Pourtant, c'est bel et bien la loi en vigueur concernant les chiens en appartements à New York.

Précision : la présence du chien doit être déclarée et non dissimulée.

Inutile de dire qu'il est absolument impossible de dissimuler ce chien. Je le promène plusieurs fois par jour. Il est devenu la coqueluche du quartier. Pour le moment, aucun habitant de l'immeuble ne s'en est plaint, bien que nombre d'entre eux aient déjà sursauté en le croisant, certains même reculé timidement, et après qu'une femme a une fois refusé de se presser contre lui dans le petit ascenseur pour monter avec nous, j'ai décidé que nous prendrions les escaliers. (Le regarder cavaler en descendant les cinq étages est un spectacle assez comique, la seule occasion où je l'ai vu manquer de grâce.)

S'il était du genre à aboyer, sans doute les plaintes auraient-elles fusé. Mais il est remarquablement – étrangement – calme. Au début, j'ai redouté ces hurlements dont l'Épouse Numéro Trois m'avait parlé, mais j'attends toujours de les entendre. Je me demande s'il a fait le lien entre les hurlements et son bannissement au chenil. C'est peut-être pousser un peu loin ses capacités, mais le fait qu'il ne hurle plus est une des raisons pour lesquelles je pense qu'il a abandonné l'idée de te revoir.

Vous ne pouvez pas garder cet animal ici. (Toujours *cet animal*, parfois je me demande s'il sait que c'est un chien.) Il va falloir que j'en informe le propriétaire.

Je n'ai pas pensé que l'Épouse Numéro Trois m'avait menti en me disant qu'Apollon était éduqué à ne pas monter sur les lits. Elle avait simplement présumé qu'il serait capable de s'adapter à un changement total d'environnement sans changer lui-même. Et je n'étais pas du tout surprise que cela se révélât faux.

J'ai connu un chat dont la propriétaire avait dû se séparer quand son fils était devenu allergique aux poils de chat. Le chat passa de maison en maison (dont la mienne) en attendant qu'on lui trouve un foyer permanent. Il survécut à deux ou trois déménagements sans encombre, mais le déménagement de trop modifia profondément la créature qu'il était. Il était devenu ingérable – et comme personne ne voulait plus avoir à le gérer, la propriétaire dut prendre la décision de le piquer.

Ils ne se suicident pas. Ils ne pleurent pas. Mais ils peuvent s'effondrer et s'effondrent bel et bien. Ils peuvent avoir, et ont bel et bien, le cœur brisé. Ils peuvent perdre l'esprit et le perdent bel et bien.

Un soir, en rentrant à la maison, je trouve la chaise de mon bureau renversée sur le côté et l'essentiel des choses qui étaient sur mon bureau éparpillées au sol. Il a mâché une énorme pile de copies. (Je vais pouvoir servir l'excuse à mes étudiants en toute honnêteté : c'est le chien qui a mangé vos devoirs.) J'étais sortie prendre un verre avec un autre professeur après les cours, nous nous étions attardés un peu. J'avais été absente pendant cinq heures, je ne l'avais jamais laissé seul aussi longtemps. Les entrailles spongieuses d'un coussin de canapé se déversent sur le sol. Le gros livre de poche de Knausgaard que j'avais laissé sur la petite table de cuisine le matin est en lambeaux.

Tout ce que tu dois faire, c'est prendre contact avec des groupes grands danois sur le Net, me dit-on, tu trouveras quelqu'un qui voudra bien de lui. Alors que, si tu te fais expulser, tu ne retrouveras pas un appartement dans tes moyens, pas en ville. Et tu pourrais bien avoir du mal à trouver un endroit où vivre tout court, avec un colocataire pareil.

J'entretiens ces fantasmes, façon *Lassie* ou *Rin tin tin*, dans lesquels Apollon repousse des cambrioleurs sur le point de forcer une porte, Apollon brave les flammes pour sauver des habitants pris au piège d'un incendie, Apollon arrache la petite fille du concierge des mains d'un agresseur.

Quand allez-vous vous débarrasser de cet animal. Il ne peut pas rester ici. Il va falloir que j'en parle au propriétaire.

Hector n'est pas un mauvais bougre, mais sa patience a des limites. Et nul besoin de le préciser : il pourrait perdre son travail.

Celui de mes amis qui compatit le plus à ma situation m'affirme qu'aucun propriétaire new-yorkais ne peut expulser un habitant rapidement. Tu ne vas pas te retrouver à la rue du jour au lendemain, dit-il.

Il y a une catégorie de personnes qui, à ce stade de l'histoire, se demandent avec angoisse : va-t-il arriver malheur au chien ?

Google m'apprend que les grands danois sont les Apollon des chiens. Je ne suis pas sûre que ce soit la raison pour laquelle tu lui as choisi ce nom, peut-être est-ce une coïncidence, pourtant à un moment ou un autre, tu as dû découvrir cette information, probablement de la même manière que moi. J'apprendrais également plus tard qu'Apollon n'est pas un choix si extraordinaire pour un chien ou n'importe quel animal domestique.

D'autres informations : les origines précises de la race sont inconnues. Son plus proche parent est supposé être le mastiff. Et il n'a rien de danois : apparemment, le nom de *grand danois* a été utilisé par un naturaliste français mal informé du dix-huitième siècle, Buffon. Dans le monde anglo-saxon, le nom lui est resté, alors qu'en Allemagne, pays de rattachement le plus proche de l'espèce, on l'appelle *Deutsche Dogge* ou mastiff allemand.

Otto von Bismarck adorait les *Dogge* ; le Baron rouge von Richthofen faisait monter le sien dans son avion biplace. Dressés à l'origine pour la chasse aux ours sauvages, ils sont ensuite devenus des chiens de garde. Et cependant, malgré une taille qui peut atteindre les cent kilos et un mètre de haut debout sur les pattes arrière, ils sont davantage connus pour leur douceur, leur calme et leur vulnérabilité émotionnelle que pour une quelconque férocité. (Un autre surnom, plus familier celui-ci, est le « gentil géant ».)

L'Apollon de tous les chiens. D'après le dieu le plus grec de tous les dieux.

J'aime bien ce nom. Mais même si je le détestais, je ne le changerais pas. Pourtant, je me rends bien compte que quand je prononce son nom et qu'il réagit – *s'il* réagit – c'est sans doute davantage à ma voix qu'il réagit qu'au mot lui-même.

Parfois, je me surprends à me poser cette question absurde : quel est son « vrai » nom ? Car il en a forcément eu plusieurs. Et que signifie le nom d'un chien au fond ? Si on ne donnait pas de nom à nos animaux, cela ne changerait rien pour eux, ce n'est qu'à nous qu'il manquerait quelque chose. Elle n'a pas de nom, dit quelqu'un à propos d'une chatte errante, alors on l'a appelée Minette. Un nom, malgré tout.

J'aime l'idée que, bien avant que T. S. Eliot ne s'exprime sur le sujet, Samuel Butler ait décrété que l'épreuve ultime pour l'imagination était de nommer un chat.

Et ta réflexion si drôle sur la chose : tant qu'à prendre le nom de nos chats comme mot de passe, autant les baptiser tous Mot de Passe directement, non ?

Je connais des gens profondément opposés à l'idée de donner des noms aux animaux domestiques. Ce sont les mêmes qui rejettent l'idée qu'il y ait une certaine catégorie d'animaux qu'on appelle *domestiques*. Ils n'apprécient pas davantage le terme de *propriétaire* en matière d'animaux ; et voient carrément rouge quand on prononce le mot *maître*. Ce qui leur répugne, c'est la notion de domination : cette domination des animaux que le genre humain revendique comme droit divin depuis Adam et Ève, et qui, à leurs yeux, n'a jamais été rien d'autre que de l'esclavage.

Quand je disais que je préférais les chats aux chiens, je ne voulais pas dire que j'aimais mieux les chats. J'aime autant les deux espèces. Mais en plus d'être mal à l'aise face à la dévotion des chiens, je rechigne, comme beaucoup de gens, à l'idée de dominer un animal. Et il est inutile de débattre, même si par ailleurs on peut trouver ridicule le fait de comparer les propriétaires d'animaux à des maîtres d'esclaves, les chiens, comme de nombreux animaux domestiqués, sont élevés pour être dominés par les hommes, pour être utilisés par les hommes, pour exécuter les ordres des hommes.

Contrairement aux chats.

Chacun sait que la première chose qu'Adam a faite avec les animaux que le Seigneur créait à partir de la terre nouvelle – le premier signe de sa domination sur eux –, c'était de leur donner un nom. Et tant qu'Adam ne leur avait pas donné de nom, prétendent certains, les animaux n'existaient pas.

Il y a une histoire écrite par Ursula K. Le Guin dans laquelle une femme qui n'est pas nommée mais qui ne peut être qu'Ève, la compagne d'Adam, entreprend de défaire les actes d'Adam : elle persuade tous les animaux d'abandonner les noms qui leur ont été attribués. (Les chats prétendent n'avoir jamais accepté leur nom de toute façon.) Une fois les animaux débaptisés, elle sent bien la différence : le mur est tombé, l'espace s'est rétréci entre les animaux et elle, elle éprouve une communauté et une égalité nouvelles à leur égard. Sans nom pour les séparer, il n'est plus possible de distinguer le chasseur du chassé, le mangeur de la nourriture. L'étape d'après, inévitable, est la reddition de son nom par Ève, qui le rend à Adam et à son père, puis quitte Adam et rejoint les autres qui, en acceptant de n'être plus nommés, se sont affranchis de la domination. Pour Ève seule, en revanche, l'acte entraîne un autre renoncement, celui du langage qu'elle partageait avec Adam. Mais après tout, l'une des raisons pour lesquelles elle a fait ce qu'elle a fait, dit-elle, était que le langage ne les menait nulle part.

D'après l'Épouse Numéro Trois, le vétérinaire a dit qu'il avait dû être dressé à obéir très tôt. À en juger par son comportement, il avait été habitué à la fois aux gens et aux autres chiens. Il ne présentait aucun signe d'abus sévère. Et cependant, il y avait ces oreilles : confiées à une espèce de boucher qui les avait laissées non seulement inégales mais trop rabotées l'une comme l'autre. Ces petites oreilles pointues sur cette énorme tête lui ôtaient en noblesse ce qu'elles ajoutaient en férocité, et figuraient sur la longue liste des autres caractéristiques qui l'auraient disqualifié dans les concours de beauté canine.

Comment avait-il pu atterrir dans ce parc, propre, bien nourri, sans collier ni marque ? Un chien pareil ne se serait pas enfui loin de son propriétaire sans qu'un événement vraiment exceptionnel se soit produit, avait dit le vétérinaire. Et pourtant non seulement personne ne l'avait réclamé, mais personne n'avait même déclaré l'avoir déjà vu auparavant. Ce qui semblait signifier qu'il venait peut-être de plus loin. Volé ? Possible. Cette absence de trace de son existence ne surprenait guère le vétérinaire. Des tas de propriétaires de chiens ne s'embêtaient jamais à obtenir un certificat, ou, dans le cas des pures races, de les enregistrer au AKC[1].

Peut-être le propriétaire avait-il perdu son travail et ne pouvait plus s'offrir la nourriture pour chiens, les soins de vétérinaire. Difficile d'imaginer que quelqu'un qui l'aurait eu toute sa vie le livrerait à lui-même en le mettant à la porte tout à coup. Pourtant, cela se produit plus souvent qu'on ne le croit, avait ajouté le vétérinaire. Ou bien imaginons qu'il ait été volé, le propriétaire, apprenant qu'il avait été trouvé, y aurait réfléchi à deux fois. Après tout, la vie était plus facile sans lui, que quelqu'un d'autre s'en occupe ! Là encore, rien de nouveau pour le vétérinaire. (Pour moi non plus : Il y a des années, ma sœur et son mari avaient

1. American Kennel Club : Club du chenil américain. Registre recensant les chiens américains de pure race.

acquis une résidence secondaire, à la campagne. Les vendeurs, qui déménageaient en Floride, avaient un vieux bâtard. Un membre de la famille depuis tout petit, c'était ainsi qu'ils l'avaient présenté pendant la visite. Lorsque ma sœur et son mari étaient arrivés le jour de leur installation, ils avaient été accueillis par le chien, resté seul dans la maison vide.)

Peut-être que le maître d'Apollon était mort, et que la personne qui en avait hérité l'avait mis à la porte.

Plus vraisemblablement, on ne saurait jamais d'où il venait. Mais voilà ce que tu en retenais. Ce moment où tu avais levé les yeux et l'avais vu, où tu avais vu sa silhouette majestueuse se découper sur le ciel d'été – ce moment était si vibrant, si étrange qu'il te semblait presque une apparition. Un tour de magie, l'œuvre de quelque sorcière, pareil à l'un des chiens géants du conte d'Andersen.

Troisième partie

Plutôt que d'écrire sur ce que vous connaissez, nous disais-tu, écrivez sur ce que vous *voyez*. Partez du principe que vous ne savez pas grand-chose et que vous n'en saurez pas beaucoup plus tant que vous n'aurez pas appris à voir. Tenez un carnet où vous consignez tout ce que vous voyez, par exemple quand vous vous promenez dans la rue.

J'ai cessé de tenir un journal ou quelque autre carnet depuis longtemps. Ces temps-ci, il me semble que tout ce que je vois quand je me promène dans la rue, ce sont des sans-abri, ou bien des gens si indigents que je les suppose sans-abri. Même s'il est devenu assez commun de voir ce genre de personnes un téléphone portable à la main. Et si je ne me trompe, de plus en plus ont également des animaux.

Sur Broadway, à Astor Place, je vois un chien seul au milieu d'un tas d'affaires : un sac à dos plein à craquer, quelques livres de poche, une thermos, un matelas, *un réveille-matin*, et de la nourriture sous emballage polystyrène. C'est l'absence d'être humain autour qui rend la scène si poignante.

Je vois un ivrogne qui s'est uriné dessus, vautré sur un pas de porte. Son tee-shirt porte l'inscription : Je suis l'Architecte de Mon Destin. Non loin, un mendiant brandit une pancarte sur laquelle il a écrit : Avant j'étais quelqu'un.

Dans une librairie : un homme va de table en table, pose une main sur un livre, puis un autre, sans s'attarder davantage sur aucun d'entre eux. Je le suis un moment, curieuse de savoir vers quel livre cette méthode l'oriente. Mais il quitte le magasin les mains vides.

Une chose que je n'ai pas vue mais que j'aurais vue si j'avais passé le coin de la rue quelques minutes plus tôt : quelqu'un a sauté par la fenêtre d'un immeuble de bureaux. Le temps que j'arrive à ce niveau de la rue, le corps avait été recouvert. Tout ce que j'ai découvert par la suite, c'est que c'était une femme qui approchait de la soixantaine. Juste avant midi, par une belle journée d'automne, au milieu de la foule de ce quartier. Comment a-t-elle calculé son coup, me dis-je, pour ne pas heurter un passant ? Ou bien a-t-elle eu… avons-nous tous eu… un coup de chance.

Un graffiti dans le hall du bâtiment de philosophie : La vie examinée non plus ne mérite pas d'être vécue.

Une remise de prix littéraire dans un club privé dans le quartier de l'Upper East Side. Je sors du métro sur la Cinquième Avenue. Le club est à six pâtés de maisons. Je remarque deux personnes qui viennent de sortir du métro elles aussi : une femme, la soixantaine, accompagnée d'un homme qui a l'air d'avoir la moitié de son âge. Il y a un bon million d'endroits où ils pourraient se rendre dans ce quartier, mais j'ai le sentiment qu'ils vont là où je vais. Ce qui s'avère juste. Qu'avaient-ils de si particulier ? Je ne saurais dire. C'est une énigme pour moi que les gens de ce petit milieu littéraire soient si facilement repérables. Comme cette fois où, passant devant trois hommes attablés dans un box de restaurant à Chelsea, je les avais catalogués avant même d'entendre l'un d'entre eux s'exclamer : C'est ce qu'il y a de génial quand on écrit pour le *New Yorker*.

Dans le courrier, des épreuves reliées d'un roman, accompagnées d'une lettre de l'éditeur : J'espère que vous percevrez comme moi la profondeur cachée de ce premier roman.

Notes de lecture.

Tous les écrivains sont des monstres. Henry de Montherlant.

Un écrivain trahit toujours. [L'écriture] *est une agression, un acte hostile* [...] *une manœuvre de brute clandestine.* Joan Didion.

Le journaliste [...] *le sait bien* [...] *: ce qu'il fait est moralement indéfendable.* Janet Malcolm.

Tout écrivain digne de ce nom sait bien que seule une petite partie de la littérature universelle peut prétendre dédommager les hommes de ce qu'ils ont perdu en apprenant à lire. Rebecca West.

Il semble qu'il n'y ait pas de remède au vice de l'écriture, ceux qui y ont succombé continuent de s'y adonner même lorsque l'envie d'écrire les a quittés depuis longtemps. W. G. Sebald.

Il avait l'impression d'avoir volé quelque chose, disait John Updike, chaque fois qu'il voyait ses livres dans une librairie.

Lui aussi avait émis l'opinion selon laquelle les gens gentils ne devenaient pas écrivains.

Le problème du manque de confiance en soi.

Le problème de la honte.

Le problème de la haine de soi.

Tu l'as ainsi formulé un jour : Quand je suis tellement exaspéré par ce que je suis en train d'écrire que je décide d'abandonner, et que plus tard je suis irrésistiblement ramené au texte, je pense toujours : *Comme un chien à son vomi.*

Pourquoi, chaque fois qu'on me demande ce que j'enseigne, remarque une de mes collègues, je suis incapable de répondre « l'écriture » sans éprouver un sentiment de gêne.

Durant les heures de bureau. L'étudiant fait allusion à un fait en particulier survenu dans son existence, et ajoute : Mais vous le savez déjà. Non, dis-je, je l'ignorais. Il paraît agacé. Que voulez-vous dire ? Vous n'avez pas lu mon texte ? Je lui explique que je ne pars jamais du principe qu'un travail de fiction est autobiographique. Quand je lui demande pourquoi il pense que j'aurais dû comprendre d'emblée qu'il écrivait sur lui-même, il paraît confus et répond : Sur qui d'autre écrirais-je ?

Une de mes amies qui rédige en ce moment ses Mémoires dit : Je déteste l'idée de l'écriture comme catharsis, je ne vois pas comment cela pourrait générer un bon livre.

On ne peut espérer se consoler de sa tristesse en écrivant, prévient Natalia Ginzburg.

Il faut alors se tourner vers Isak Dinesen, qui croyait que tous les chagrins sont supportables si on les change en conte ou en histoire.

Je suppose que j'ai fait pour moi-même ce que les psychanalystes font pour leurs patients. J'ai exprimé une émotion ressentie depuis très longtemps, en profondeur. Et en l'exprimant, je l'ai expliquée puis je l'ai laissée en repos. Woolf évoque ainsi le livre écrit sur sa mère, dont le fantôme l'obséda de l'âge de treize ans (âge qu'elle avait à la mort de sa mère) à ses quarante-quatre ans, lorsque *dans une fulgurance apparemment involontaire*, elle écrivit *La Promenade au phare*. Après quoi l'obsession cessa : *Je n'entends plus sa voix ; je ne la vois plus.*

Q : Est-ce que l'efficacité de la catharsis dépend de la qualité de l'écriture ? Et si une personne parvient à la catharsis en écrivant un livre, la qualité du livre a-t-elle encore une quelconque importance ?

Mon amie écrit sur sa mère elle aussi.

Les écrivains adorent citer Milosz : *Quand un écrivain naît dans une famille, cette famille est foutue.*

Ma mère ne m'a jamais pardonné de l'avoir mise dans un de mes romans.

Plutôt que, par exemple, Toni Morrison, pour qui le fait de baser un personnage sur une personne réelle équivaut à une violation de droits d'auteur. Une personne est propriétaire de sa vie, avance-t-elle. Nul n'a le droit d'en faire usage à des fins fictionnelles.

Dans un livre que je lis en ce moment, l'auteur oppose les gens de mots aux gens de poings. Comme si les mots ne pouvaient pas être des poings eux aussi. Comme s'ils n'étaient pas si souvent des poings.

L'un des thèmes majeurs de l'œuvre de Christa Wolf est la peur qu'en écrivant sur quelqu'un, on le tue. Transformer une vie en histoire reviendrait à en faire un pilier de sel. Dans un roman autobiographique, elle décrit un rêve récurrent qu'elle faisait enfant, dans lequel elle tue sa mère et son père en écrivant sur eux. La honte d'être écrivaine l'a hantée toute sa vie.

Je me demande combien de psychanalystes font bel et bien pour leurs patients ce que Woolf a fait pour elle-même. Je parie qu'ils ne sont pas nombreux.

Ils peuvent bien réfuter les idées de Freud tant qu'ils veulent, disais-tu. Mais personne ne pourra prétendre que ce n'était pas un grand écrivain.

Freud était-il une personne réelle lui-même ? C'est un étudiant qui m'a posé la question un jour.

C'est encore un psychanalyste, bien sûr, qui a inventé le terme d'*angoisse de la page blanche*. Edmund Bergler était, tout comme Freud, un Juif autrichien, et c'était un adepte de la théorie freudienne. D'après Wikipédia, il tenait le masochisme pour la cause fondamentale de toutes les autres névroses, pour lui, la seule chose pire que l'inhumanité de l'homme envers ses semblables était l'inhumanité de l'homme envers lui-même.

(Mais la femme artiste subit les deux, dit Edna O'Brien : le masochisme de la femme *et* le masochisme de l'artiste.)

L'invitation consistait à venir animer un atelier d'écriture dans un centre spécialisé dans l'accueil des victimes de la traite des êtres humains. La personne qui me le proposait était quelqu'un que je connaissais, ou du moins que j'avais connu par le passé : nous étions amies à l'université. À l'époque, elle aussi voulait devenir écrivaine. Au lieu de quoi elle était devenue psychologue. Elle exerçait depuis dix ans dans ce centre spécialisé, rattaché à un grand hôpital psychiatrique situé à quelques minutes de bus de Manhattan. Les femmes avec lesquelles elle travaillait réagissaient bien à la thérapie par l'art (je devais voir par la suite quelques-uns de leurs dessins, éminemment dérangeants à mon goût). Elle estimait que l'écriture pourrait s'avérer encore plus efficace pour d'autres victimes de traumatismes, comme cela avait été le cas pour les vétérans de guerre touchés par le syndrome post-traumatique.

Je voulais le faire. En tant que citoyenne, pour aider la communauté, en tant qu'ancienne amie et en tant qu'écrivaine.

Je repensais aux piercings et aux tatouages baroques de cette jeune femme que j'avais croisée quelques mois plus tôt, dans un atelier que j'animais lors d'un colloque d'écrivains l'été précédent. C'était un atelier de fiction, même si ce qu'elle écrivait ressemblait davantage à un mémoire – autofiction, fiction sur soi, reality-fiction, peu importe le nom –, l'histoire à la première personne de Larette, une fille dont le corps avait été vendu.

Elle écrivait bien, et ce, pour trois raisons principales : pas de sentiments, pas d'autoapitoiement, le sens de l'humour. (Si la dernière vous paraît improbable, essayez de trouver un bon livre qui, aussi noir soit son sujet, ne contient rien de comique. C'est parce que quelqu'un a le sens de l'humour qu'on a l'impression de pouvoir lui faire confiance, dit Milan Kundera.) L'une de ces histoires de vie qu'il faut *édulcorer* pour la rendre crédible. (Les lecteurs seraient sidérés s'ils savaient le nombre de fois où les écrivains font ce genre de choses.) Elle avait passé deux ans en convalescence dans un refuge, luttant contre l'addiction à la drogue, la honte et la tentation de s'enfuir pour aller retrouver son mac, dont le nom était tatoué à différents endroits de son corps. Plus tard, elle s'était inscrite dans une université communautaire, où elle avait pris son premier cours d'écriture.

Comme beaucoup de gens que j'ai rencontrés, elle est persuadée que l'écriture lui a sauvé la vie.

Sur le sujet de l'écriture comme thérapie, tu as toujours été sceptique. Tu aimais citer Flannery O'Connor : Seuls ceux d'entre nous qui y sont appelés par la présence d'un don devraient écrire des textes destinés à la consommation publique.

Et pourtant c'est tellement rare de rencontrer quelqu'un qui pense que ce qu'il écrit est fait pour rester privé. Alors qu'ils sont si nombreux et ordinaires ceux qui pensent que leurs écrits les destinent non seulement à être lus du public, mais aussi à la célébrité.

D'après toi, les gens suivaient de fausses pistes. D'après toi, ce qu'ils cherchaient – expression de soi, communauté, connexion aux autres – avait plus de chance de se trouver ailleurs. Dans une chorale, un club de danse. De la broderie au canevas. C'était le genre d'activités vers lesquelles les gens se tournaient avant, disais-tu. L'écriture, c'était trop difficile ! Ce n'est pas pour rien qu'Henry James disait que l'aspirant écrivain n'avait qu'un mot à inscrire sur sa bannière, et que ce mot était le mot *solitude*. Frustration et humiliation, ainsi Philip Roth résumait-il l'acte d'écrire. Qu'il comparait au baseball : *Vous perdez les deux tiers du temps.*

C'est la réalité, disais-tu. Mais en ces temps de graphomanie avancée, la réalité s'est égarée. Aujourd'hui tout le monde écrit, de même que tout le monde chie, et à la simple mention du mot *don*, c'est une levée de boucliers. L'essor de l'autoédition a été une catastrophe, ajoutais-tu. Cela a signé l'arrêt de mort de la littérature. Donc la mort de la culture. Et Garrison Keillor avait raison, continuais-tu : Si tout le monde est écrivain, plus personne ne l'est. (Bien qu'en fait ce fût exactement le genre de déclarations contre lesquelles tu nous mettais en garde autrefois : cela sonne juste, mais si vous appuyez dessus, tout l'édifice tombe en morceaux.)

Rien de tout cela n'était aussi nouveau qu'il paraissait.

Ce sera de moins en moins un trait distinctif que d'écrire et de faire imprimer. [...] *Pourquoi pas moi aussi ? se dit chacun.*

Ainsi écrivait le critique français Sainte-Beuve.

En 1839.

Non que tu m'aies découragée d'aller enseigner au centre. Cela risque d'être très déprimant, si tu veux mon avis, disais-tu, mais pas forcément inintéressant. D'ailleurs, c'était ton idée que je travaille sur ce sujet.

Les femmes du centre étaient encouragées à tenir un journal. Ou, ainsi que mon amie psychologue appelait ça, à journaliser. Les journaux étaient censés être privés, disait-elle. Certaines femmes s'étaient inquiétées qu'on puisse un jour lire ce qu'elles avaient écrit, elle les avait assurées que cela n'arriverait pas. Même elle ne les lirait pas.

Elle suggéra que celles pour qui l'anglais était une seconde langue écrivent dans leur langue maternelle.

En dehors des moments où elles écrivaient dedans, certaines dissimulaient prudemment leurs journaux. D'autres les transportaient partout avec elles. Quelques-unes insistèrent même pour détruire ce qu'elles écrivaient immédiatement après l'avoir écrit. Ce qui n'était pas un problème non plus, leur dit-elle.

Il leur était demandé d'écrire au minimum quinze minutes par jour, vite, sans s'arrêter, réfléchir trop longtemps ou se laisser distraire. Elles écrivaient à la main, dans des carnets fournis par le centre (mon amie croit aux études qui prouvent que l'écriture à la main favorise la concentration et qu'une page lignée invite davantage à coucher son intimité et ses secrets qu'un écran vide).

Bien sûr, certaines refusaient de journaliser.

Les mêmes qui se mettaient en colère contre moi quand je les invitais à revisiter des expériences douloureuses, disait-elle. Il faut comprendre par quoi ces femmes sont passées. Pour la plupart d'entre elles, les abus n'ont pas commencé avec le commerce de leur corps. (*Mon expérience de la violence a dû débuter à la naissance.*) Certaines avaient été délibérément livrées à leurs tortionnaires par leurs familles – parfois vendues et revendues. Et le fait qu'elles ne subissent plus ces abus ne signifie pas qu'elles n'en souffrent plus. À un moment ou un autre, je leur demande toujours ce qu'il pourrait leur arriver de mieux, si tu savais combien parmi elles me répondent : Je crois que ce qu'il pourrait m'arriver de mieux, ce serait de mourir.

Mais il y avait un groupe de femmes qui étaient ravies de tenir leur journal, et y passaient souvent beaucoup plus que quinze minutes par jour. Mon amie voulait donner à ces femmes une chance de participer à l'atelier, d'être dans un endroit sûr où non seulement elles pourraient écrire mais en plus partager leurs productions les unes avec les autres et avec leur professeur. Parmi celles qui s'étaient inscrites, dit-elle, je pouvais compter sur un certain niveau de langue, même si ce n'était pas pour toutes leur langue maternelle. Celles dont c'était la langue maternelle avaient néanmoins exprimé des inquiétudes sur leurs capacités d'écriture et étaient particulièrement soucieuses de leur orthographe et de leur grammaire. Elle leur avait dit que, tout comme dans leurs journaux, elles n'avaient aucun besoin de se préoccuper de l'orthographe et de la grammaire.

C'est pour cela que c'est important que tu fasses abstraction de leurs erreurs, me dit-elle. Je sais que ce ne sera pas facile pour toi, mais ces femmes ont suffisamment de problèmes avec leur estime d'elles-mêmes, la dernière chose que nous voulons, ce serait les inhiber davantage.

Je songeais à un poème d'Adrienne Rich dans lequel elle cite des vers écrits par un étudiant auditeur libre à l'université publique de New York. *La souffrance des gens pauvres est immense... Parmi ces souffrances :*

Mon amie me montra quelques exemples des créations artistiques des femmes : des corps sans tête, des maisons en feu, des hommes à gueules d'animaux féroces, des enfants nus poignardés entre les jambes ou en plein cœur.

Lorsqu'elle me fit écouter des enregistrements de témoignages de ces femmes, les dessins prirent vie.

Je continue de les appeler des femmes, dit-elle. Pourtant il y en a tellement parmi elles qui ne sont encore que des filles. Et ce sont souvent les cas les plus tragiques. Nous avons en ce moment une fille de quatorze ans qui a été sauvée le mois dernier d'une maison où elle était gardée enchaînée à un lit à barreaux dans la cave. Quand, à l'abus sexuel, vient s'ajouter la captivité… c'est là que les dégâts sont les plus importants. Pour l'instant, cette fille est incapable de parler. Elle n'a aucun problème aux cordes vocales – rien que les médecins aient pu détecter, en tout cas – mais elle persiste à rester muette. C'est le genre de symptôme psychosomatique que nous rencontrons de temps en temps : mutisme, cécité, paralysie.

Mon amie m'a indiqué un film suédois, *Lilya 4-Ever*. Il s'avère que je l'avais déjà vu, des années plus tôt, à sa sortie. À l'époque, j'ignorais qu'il était basé sur des faits réels. Je ne savais pas grand-chose à ce sujet d'ailleurs ; j'avais décidé d'aller le voir un jour, sur un coup de tête, juste parce que j'avais aimé un des films précédents du réalisateur et qu'il passait dans une salle à côté de chez moi. Il est plus que probable que si j'avais su à quoi m'attendre, je ne serais sans doute jamais allée voir *Lilya 4-Ever*. De fait, l'expérience avait laissé sur moi une empreinte indélébile : plus de dix ans après, il était inutile que je le revoie.

Lilya est une jeune fille de seize ans, elle vit avec sa mère dans une cité morose quelque part dans l'ex-Union soviétique. Elle croit dur comme fer qu'avec sa mère et le petit ami de sa mère, ils vont très bientôt émigrer aux États-Unis, mais quand le moment du départ arrive, Lilya n'est pas du voyage. Puis, une tante sans cœur récupère l'appartement où Lilya vivait, la forçant à aller vivre dans un misérable trou à rats. Abandonnée, sans argent, elle bascule peu à peu dans la prostitution.

Lilya a appris à ne rien attendre des autres que cruauté et trahison. À une exception près, Volodya, un garçon un peu plus jeune qu'elle, molesté par son ivrogne de père. Volodya aime Lilya, qui devient son amie et l'héberge lorsque son père le met à la porte. Ensemble, ces deux enfants de la rue partagent quelques moments heureux. Mais l'essentiel de la vie de Lilya est sinistre.

L'espoir se présente alors sous les traits d'un jeune et beau Suédois à la voix de velours, Andrei. Il raconte à Lilya, qui tombe instantanément amoureuse de lui, qu'il peut l'aider à déménager en Suède pour démarrer une nouvelle vie. Elle saute sur l'occasion, malgré ce que cela signifie pour Volodya, qui d'ailleurs réagit au départ de sa seule amie au monde en se suicidant.

Volodya continue d'apparaître dans le film sous la forme d'un ange.

Lilya arrive en Suède, seule (Andrei a promis de la rejoindre plus tard), elle est accueillie à l'aéroport par l'homme censé la prendre sous son aile. L'homme la conduit jusqu'à sa nouvelle maison, un appartement en étage élevé dans une tour sur une rue, où il l'enferme. Raiponce, Raiponce. Il est le premier à la violer. La nouvelle vie de Lilya vient de commencer. À présent, jour après jour, elle est livrée aux mains de clients – un large panel d'âges et de types – dont jamais les désirs ne s'arrêtent à son évidente jeunesse ni au fait qu'elle soit retenue là contre son gré. Au contraire, tout se passe comme si Lilya avait été placée sur cette terre pour servir d'esclave sexuelle.

La première fois qu'elle essaie de s'échapper, Lilya est rattrapée et battue. La deuxième fois, elle se retrouve sur un pont au-dessus d'une autoroute. Et bien que de l'aide arrive, sous la forme d'une policière s'approchant d'elle, Lilya panique et saute.

Après qu'elle eut sauté, on retrouva sur le corps de la fille dont la vie et la mort inspirèrent le film *Lilya 4-Ever* des lettres qu'elle avait écrites. C'est ainsi que son histoire a pu être racontée.

Quand j'ai vu le film, seule, dans mon petit cinéma d'art et d'essai de quartier, c'était un après-midi en semaine. Il n'y avait qu'une poignée de gens comme public. Je me souviens, après la fin, avoir été obligée de prendre un moment pour retrouver figure humaine avant de sortir de la salle. C'était un sentiment humiliant. Plusieurs rangées devant moi, il y avait une autre femme, seule elle aussi, qui sanglotait. Quand j'ai fini par pouvoir m'en aller, elle était toujours là, immobile, sanglotant. Je me sentais humiliée pour elle également.

D'après mon amie, *Lilya 4-Ever* a souvent été projetée à des groupes d'humanitaires, des défenseurs des droits, ou dans des écoles situées dans des zones où l'on sait que les filles sont particulièrement vulnérables à la traite des êtres humains.

Pas assez brutal, avait commenté un groupe de prostituées moldaves à qui on avait demandé de regarder le film.

Plus choquant encore, à mes yeux, le témoignage du réalisateur, qui disait croire que Dieu avait veillé sur Lilya (tout comme Volodya, après sa mort, elle revient à l'écran sous la forme d'un ange), et que sans sa foi il aurait été incapable de faire le film. Je crois que je me serais suicidé, dit-il.

Et que cela signifie-t-il donc, d'après lui, pour ceux qui n'ont pas cette foi, ceux qui ne croient pas une minute que Dieu veille sur toutes les Lilya du monde, que devraient-ils faire, eux ?

Mon amie dit : Pour les gens qui ont eux-mêmes été victimes d'exploitation, comme les autres prisonnières piégées dans le bordel avec Lilya, c'est peut-être un moyen de mieux comprendre pourquoi les victimes se traitent mal entre elles. C'est peut-être même un moyen de se pardonner, dit-elle. Mais le comportement dépravé de tous ces membres privilégiés du prospère État-providence nordique – ça, c'est plus difficile à accepter.

Je suis tombée un jour sur une photo dans un magazine : une longue ligne d'hommes serpentant devant une baraque hébergeant des prostituées adolescentes. Je ne me souviens pas dans quelle partie du monde la photo avait été prise. En revanche, je me souviens que les hommes ne donnaient absolument pas l'impression de faire quoi que ce soit d'extraordinaire. Plusieurs d'entre eux fumaient des cigarettes. Celui-ci regarde sa montre, celui-là scrute le ciel au-dessus de sa tête, un autre encore lit son journal. Le tout dominé par un air de patiente lassitude. Ils pourraient aussi bien être en train d'attendre le bus, ou leur tour à la préfecture.

Mon amie évoque un autre cas. Une fois encore, les médecins n'avaient trouvé aucune blessure ou maladie susceptible d'avoir empêché la patiente de parler normalement. Pourtant elle en était incapable. Lorsqu'on a suggéré qu'elle commence à journaliser, elle était enthousiaste. En une semaine elle avait noirci toute une pile de carnets. Elle avait une écriture incroyablement serrée, les lettres les plus minuscules qu'on puisse imaginer, dit mon amie. Rien que la regarder griffonner ses lettres était effrayant. Sa main enflait, ses doigts se boursouflaient, saignaient, mais elle ne voulait – ne pouvait – pas s'arrêter.

Nous n'avons jamais su ce qu'elle écrivait, car elle ne nous l'a jamais montré, dit mon amie. Mais je ne serais pas surprise d'apprendre que c'était principalement des répétitions et des choses qui n'avaient aucun sens. Heureusement, nous avons pu trouver un traitement médicamenteux pour calmer son écriture maniaque et l'aider à reparler.

Larette racontait qu'elle aussi avait traversé une période de mutisme. Chaque fois qu'elle essayait de parler, sa gorge se refermait douloureusement, comme si des mains invisibles l'étranglaient.

J'essayais de toutes mes forces, malgré la douleur, mais le maximum que j'arrivais à sortir était un crissement étouffé, le cri d'une souris asthmatique, c'en était comique, les gens riaient. J'avais tellement honte que j'ai arrêté d'essayer. Quand je voulais communiquer, je passais par l'écriture, par une sorte de langue des signes ou bien j'articulais les mots en silence. Et cependant j'avais tout le temps mal à la gorge.

En thérapie, elle s'était souvenue d'un incident auquel elle n'avait plus songé depuis des années. Il y était question de sa grand-mère, à qui elle s'efforçait de penser le moins possible. Quand Larette avait dix ans, sa mère avait été mortellement poignardée par un petit ami. Comme il n'y avait pas de père dans le paysage, elle avait été confiée aux soins de sa grand-mère. Larette désignait cette femme, une accro à la méthadone de plus en plus désespérée, comme « ma première esclavagiste ».

Elle a été la première à me vendre à des hommes. Je me souviens, nous étions assises à la table de la cuisine, elle s'est levée, est allée jusqu'au frigo. Elle a ouvert le freezer et sorti une glace à l'eau, qu'elle a déballée et partagée en deux morceaux. Je me souviens qu'elle était à la cerise, mon parfum préféré. Elle m'en a fourré une moitié dans la bouche. Laisse-moi t'expliquer, chérie. Elle a mis l'autre moitié dans la sienne et a commencé à la sucer.

C'était un des souvenirs que Larette hésitait à inclure dans son livre. Elle avait peur que cela fasse fabriqué. Elle n'arrêtait pas de l'effacer, puis de le remettre, puis de l'effacer encore.

Je connais une autre femme, une écrivaine, qui a parfois dû gagner sa vie comme travailleuse du sexe. Elle est farouchement opposée à cette idée à la mode selon laquelle chaque prostituée devrait être perçue comme une victime de la traite des êtres humains. Elle entend tracer une ligne ferme entre une esclave sexuelle et une travailleuse libre et volontaire comme elle. Les descentes dans des bordels, les guets-apens de prostituées et autres flagrants délits publics la mettent hors d'elle.

Que Dieu nous garde des chevaliers blancs, dit-elle. Pourquoi est-ce si difficile à croire que nous n'avons pas toutes besoin, ou envie, d'être sauvées ? De toute façon, c'est la loi du genre, la société n'a jamais accepté que ce que les femmes font avec leurs corps ne regarde qu'elles.

L'une des histoires préférées de cette femme concerne Arletty, l'actrice française, accusée de trahison en 1945 pour avoir eu une liaison avec un officier allemand durant l'Occupation. Elle avait eu ces mots célèbres pour sa défense : Mon cœur est français, mais mon cul est international. (D'ailleurs mon amie préfère la version courte, un peu différente de la fameuse réplique d'Arletty : Mon cul n'est pas la France.)

Mon amie travailleuse du sexe se dit sidérée par la naïveté de la plupart des femmes. Qui n'imaginent même pas que la majorité des hommes ont déjà couché avec une prostituée, leurs pères, leurs frères, leurs compagnons et leurs maris inclus. J'ai entendu Larette dire la même chose – de même que j'ai entendu des hommes mettre en doute les déclarations d'autres hommes prétendant n'avoir jamais payé pour du sexe.

Dans un documentaire télévisé récent, une ancienne prostituée qui tenait un trottoir devant un motel de banlieue racontait que le lundi matin était son pic de fréquentation : apparemment il n'y avait pas mieux pour ses affaires que les week-ends avec femme et enfants.

Je me souviens avoir un jour demandé à mon amie si elle prenait du plaisir en tant que travailleuse du sexe. J'étais assez convaincue qu'elle répondrait oui. Mais elle me regarda comme si elle ne m'avait pas bien entendue. Je le fais pour l'argent, dit-elle. Il n'y a absolument aucun *plaisir*. Si je pouvais gagner ma vie en écrivant, je m'abstiendrais. C'est juste plus facile qu'enseigner, dit-elle.

Je dus promettre que je n'utiliserais rien de ce que les femmes écriraient dans mon atelier. En revanche mon amie psychologue accepta que j'écrive sur elle et le travail qu'elle faisait. Et toi, avec ta générosité habituelle, tu exposas l'idée à un éditeur avec qui tu déjeunais. Très vite, j'avais un contrat et une date de remise.

Peu de temps après avoir terminé nos études, mon amie avait publié quelques nouvelles, dans des magazines confidentiels mais prestigieux, le genre de revue littéraire trimestrielle surveillée de très près par la profession. L'une des nouvelles remporta un prix, et au cours de cette même année, elle fut nommée, puis récompensée, par un prix encore plus important décerné chaque année aux jeunes auteurs prometteurs.

Je suis curieuse de savoir pourquoi elle a arrêté d'écrire.

Ce n'était pas exactement une décision, dit-elle. C'est arrivé, c'est tout. J'avais commencé à écrire un roman et j'avais du mal à me concentrer, quelqu'un que je connaissais m'a suggéré d'essayer la méditation. C'est comme ça que j'ai commencé à m'intéresser au bouddhisme. J'ai passé un mois dans une retraite dans le Nord pour apprendre à méditer, et je n'ai jamais arrêté depuis. Je sais qu'il y a déjà des tas d'écrivains qui s'intéressent au bouddhisme – et y a-t-il *encore* des gens qui ne font ni méditation ni yoga de nos jours ? Je sais aussi que certaines personnes disent que la méditation les a aidés dans leur carrière. Mais à partir du moment où j'ai commencé à étudier le bouddhisme, mon ambition de devenir écrivaine m'a semblé contradictoire avec la pratique.

Pour être tout à fait claire, cela dit, je n'ai jamais vraiment cessé d'écrire. Rien ne m'y obligeait. Je journalise, bien sûr – d'ailleurs, je considère le fait de tenir un journal comme une sorte de méditation – et j'écris de la poésie. Les choses que je vois chaque jour dans mon métier sont très perturbantes, et la poésie s'est avérée d'un grand secours face à cela. Non que j'écrive sur mon travail. Mes poèmes traitent de la beauté du monde – de la nature, surtout. Ils ne sont pas très bons, j'en suis bien consciente, et je n'ai aucune envie de les partager. Pour moi, écrire de la poésie revient à prier, et la prière n'est pas une chose que l'on partage.

Je n'ai jamais eu l'intention de me retirer complètement du monde. Je n'ai jamais été sur le point de devenir une sorte de nonne bouddhiste ou quoi que ce soit de ce genre. Cependant j'avais des doutes sur mon avenir en tant qu'écrivaine. Je ne voyais pas comment réconcilier une carrière littéraire avec l'objectif de me libérer de toute attache. Peu de temps après la fin de ma retraite bouddhiste, j'ai passé quelque temps en résidence dans une colonie d'artistes – j'espérais pouvoir remettre mon roman sur des rails. Je me souviens d'avoir observé les autres gens là-bas, des débutants comme moi, d'autres plus établis, je réfléchissais à ce qu'il en coûtait – en plus du talent, bien sûr – pour réussir. Il fallait avoir de l'ambition, une sacrée ambition, et pour faire du bon travail, il fallait aussi de la volonté. Il fallait vouloir surpasser tout ce que les autres avaient fait avant vous. Il fallait croire dur comme fer que ce que vous faisiez était incroyablement sérieux et important. Et tout cela me semblait entrer en collision totale avec l'apprentissage de l'immobilisme et du calme. Du lâcher-prise.

Et même si l'écriture n'est pas censée être une compétition, je voyais bien que la plupart du temps les écrivains la percevaient comme telle. Durant mon séjour dans cette colonie d'artistes, l'un des écrivains présents reçut un à-valoir tellement énorme qu'on en parla dans le *Times*. Ce soir-là, au dîner, il annonça : Voilà, j'ai perdu mes deux derniers amis. Il plaisantait, bien sûr, mais j'ai remarqué que chaque fois qu'un écrivain atteint les sommets, tout le monde s'emploie activement à le faire redescendre de son piédestal.

De même, on aurait cru que l'argent était la préoccupation première de chacun. Je ne comprenais pas. Qui donc devient écrivain pour l'argent ? Je me souviens de mon premier cours d'écriture, le professeur avait commencé ainsi : Si vous voulez devenir écrivain, la première chose à faire, c'est un vœu de pauvreté. Personne dans la salle n'avait cillé.

Il me semblait que tous les écrivains que je connaissais – c'est-à-dire presque tout mon entourage à l'époque – vivaient dans un état de frustration chronique. Tout le monde passait son temps à ressasser les mêmes informations : qui avait obtenu quoi, qui avait été rejeté, et combien tout ce système était injuste. C'était tellement perturbant. Pourquoi fallait-il qu'il en soit ainsi ? Pourquoi les hommes étaient-ils tous si arrogants, pourquoi autant parmi eux étaient-ils des prédateurs sexuels ? Pourquoi les femmes étaient-elles si furieuses et déprimées ? C'était vraiment très dur de ne pas être désolée pour tous ces gens.

Chaque fois que j'allais à une lecture, je ne pouvais m'empêcher d'être gênée pour l'auteur. Je m'interrogeais, aurais-je eu envie d'être à sa place, et la réponse sincère était non, bon sang, non. Et je n'étais pas la seule. C'était palpable dans le public, ce malaise. Et je me souviens d'avoir pensé : C'est donc cela que voulait dire Baudelaire quand il disait que l'art était de la prostitution.

Pendant ce temps, je continuais de me battre avec mon roman. Jusqu'au jour où je me suis dit : Et si tu ne l'écrivais pas, ce livre. N'y avait-il pas un milliard d'autres personnes prêtes à prendre ta place pour gratifier le monde d'un nouveau roman ? N'y avait-il pas d'ailleurs déjà trop de romans dans le monde ? Pensais-je honnêtement que le mien manquerait à quiconque ? Et pourrais-je un jour justifier d'avoir utilisé mon existence, ma seule et précieuse liberté, à une chose dont je savais qu'elle ne manquerait à personne si je m'en abstenais ?

C'est à peu près à ce moment-là que j'ai entendu un écrivain à la radio, je suis incapable de me rappeler son nom, mais pour moi, ç'aurait aussi bien pu être Dieu. Je me souviens qu'il a dit que si dans l'année à venir, aucun ouvrage de fiction n'était publié, au lieu du nombre ahurissant de nouvelles et de romans sur le point de l'être, l'effet sur le monde serait essentiellement le même. Ce qui était faux, bien sûr, car je suppose qu'il y aurait eu du moins un effet économique important. Mais je comprenais ce qu'il voulait dire et j'avais l'impression qu'il s'adressait directement à moi. Et c'est alors que je me suis dit : Tu dois changer ta vie.

Non que je n'aie jamais eu de regrets. Il y a eu des tas de moments où j'ai eu le sentiment d'être une lamentable lâche, trop paresseuse, trop couarde pour vivre mon rêve. Mais s'il me fallait une seule preuve que j'avais pris la bonne décision, il me suffirait de reporter les yeux sur mes lectures. Autrefois j'étais une lectrice passionnée, compulsive, pourtant au fil des ans, la lecture m'intéresse de moins en moins, en particulier la fiction. Peut-être que cela tient aux réalités que je côtoie chaque jour, mais les personnages imaginaires, leurs vies imaginaires, leurs problèmes imaginaires m'ennuient de plus en plus.

Je me suis accrochée encore un moment. J'achetais les livres encensés par la critique, les chefs-d'œuvre, les Grands Romans Américains, et autres, la moitié du temps, je ne les finissais pas. Ou quand je les finissais, je les oubliais aussitôt. La plupart du temps, j'avais à peine tourné la dernière page que le souvenir commençait à s'effacer. Jusqu'au jour où j'ai cessé purement et simplement de lire de la fiction, pour me rendre compte que cela ne me manquait pas du tout.

Et si elle n'avait pas arrêté d'écrire de la fiction, elle-même, lui demandais-je. Pensait-elle qu'elle en aurait quand même perdu le goût ?

Je ne sais pas, dit-elle. Je sais juste que je suis beaucoup plus heureuse dans ce que je fais aujourd'hui que je ne l'aurais jamais été en faisant ce que toi tu fais.

Peut-être fallait-il prendre comme un compliment qu'elle estime pouvoir me dire tout cela sans risquer de me blesser.

L'étudiant qui obtient son diplôme en écriture et poursuit son chemin… en renonçant à l'écriture. Toi et moi, nous connaissions bien ce genre de profil. Il semblait y en avoir un spécimen dans chaque classe et nous nous demandions toujours : Pourquoi était-ce si souvent celui qui nous semblait le plus prometteur ? (Typiquement le cas de l'Épouse Numéro Un.)

Écrivez sur un objet. Écrivez sur quelque chose qui est, ou a été, important pour vous. Ce peut être n'importe quoi. Décrivez l'objet, puis écrivez les raisons qui le rendent important à vos yeux.

Une femme écrivit sur les cigarettes. Ses meilleures amies, ainsi qu'elle les appelait. Elle avait commencé à fumer à l'âge de huit ans. Je n'aurais jamais survécu à mon existence sans elles, disait-elle. Entre fumer et autre chose, je choisirais toujours de fumer. Une autre femme écrivit sur un couteau qu'elle avait utilisé pour se défendre. Elle n'était pas la seule à écrire sur une arme. Mais environ la moitié des femmes écrivirent à propos d'une poupée. Toutes, sauf une des poupées, finissaient mal. Elles étaient perdues, cassées, détruites, d'une manière ou d'une autre. La seule poupée qui échappait à ce destin tragique avait été mise en sécurité dans un endroit tenu secret d'où sa propriétaire espérait un jour pouvoir la sortir. C'est tout ce que la femme voulut bien dire. Quand je lui rappelai qu'elle était censée décrire l'objet, elle secoua la tête. En faisant une chose pareille, elle risquait de s'attirer le mauvais œil, dit-elle. Il arriverait malheur à sa poupée, elle ne la reverrait jamais.

À force de lire ces histoires, semaine après semaine, pendant mon trajet en bus, elles se mirent à former un tout, comme si la même histoire m'était racontée, encore et encore. Il y a toujours quelqu'un qui est battu, quelqu'un qui souffre. Quelqu'un qu'on traite comme une esclave. Une chose.

Parmi ces souffrances :

Les mêmes noms communs : couteau, ceinture, corde, bouteille, poing, cicatrice, bleu, sang. Les mêmes verbes : forcer, battre, fouetter, brûler, étrangler, affamer, hurler.

Écrivez un conte de fées. Pour certaines, l'opportunité d'assouvir un fantasme de vengeance. Encore et toujours des histoires de violence et d'humiliation. Toujours le même vocabulaire.

Aucun écrit n'est jamais vain, disais-tu. Même lorsque ça ne fonctionne pas et qu'on finit par tout jeter à la poubelle, en tant qu'écrivain on apprend toujours quelque chose.

Voici ce que j'ai appris : Simone Weil avait raison. *Le mal imaginaire est romantique et multiple ; le mal réel est lugubre, monotone, stérile, ennuyeux.*

Ce fut la dernière chose dont nous avons parlé toi et moi quand tu étais encore en vie. Après quoi, il y eut juste ton email avec une liste de livres dont tu pensais qu'ils pourraient m'être utiles dans mes recherches. Et, puisque c'était la saison, tes meilleurs vœux pour la nouvelle année.

Quatrième partie

Cela paraissait si improbable : le récit d'une histoire d'amour entre un homme et un chien.

L'homme : J. R. Ackerley (1896-1967), auteur britannique et directeur éditorial du magazine de la BBC *The Listener*.

Le chien : Queenie, un berger allemand. Acquise à l'âge de dix-huit mois par Ackerley, lui-même alors célibataire, dans la force de l'âge, affublé d'un passif de promiscuité sexuelle si prodigieux qu'il avait fini par en abandonner tout espoir de trouver un jour un partenaire stable.

Le livre : *Ma chienne Tulip*. On devait le changement de nom du chien à la volonté de l'éditeur qui ne jugea pas « Queenie » opportun étant donné la réputation homosexuelle d'Ackerley.

Naturellement, c'est toi qui le premier me parlas d'Ackerley. Un recueil de sa correspondance venait de sortir. Qui valait largement la peine qu'on s'y arrête, comme tout ce qu'il avait écrit, d'après toi. Mais c'était ses Mémoires que tu jugeais vraiment indispensables.

On peut écrire sur n'importe quel sujet, tant qu'on trouve le ton juste : ce principe me revenait en tête sans cesse à la lecture du livre. « Il y a là bien plus que ce que vous avez envie de savoir sur ce qui entre et sort du vagin, de la vessie et de l'anus d'une chienne », prévenait un des commentaires de lecteur. Et effectivement, l'essentielle de *Ma chienne Tulip* traite de ce qu'Ackerley appelle ses chaleurs. Bien qu'à certains moments le lecteur ne puisse s'empêcher d'en éprouver l'inéluctabilité, et s'y préparerait donc presque, aucun acte bestial ne se produit. Cependant ce serait un mensonge de prétendre que leur relation n'avait rien d'intime. Ackerley lui-même admettait volontiers qu'il lui arrivait de toucher d'une main compatissante la vulve incandescente que sa chienne frustrée ne cessait de lui mettre sous le nez.

Envisager de relire un livre, évaluer les risques, en particulier quand c'est un livre qu'on a adoré. Il y a toujours une chance que ce ne soit plus à la hauteur, que, pour une raison ou pour une autre, on ne l'aime plus autant. Quand cela se produit, et cela m'arrive tout le temps (de plus en plus en vieillissant), l'effet est si dévastateur que je n'ouvre plus mes anciens livres préférés qu'avec une grande prudence.

Le style de la prose est aussi soigné qu'auparavant, l'esprit toujours aussi aiguisé, l'histoire, en l'occurrence, plus fascinante encore que je ne m'en souvenais. Mais quelque chose a changé. La deuxième fois, je ne trouve pas l'auteur aussi aimable. Je le trouve même un peu désagréable. Son hostilité à l'égard des femmes – étais-je passée à côté, ou l'avais-je juste oubliée ?

Les femmes sont des êtres redoutables ; surtout celles des classes laborieuses [...] *Rien ne les fait lâcher prise.*

Il est vrai qu'Ackerley a peu d'affection pour le genre humain dans son ensemble. Mais sa misogynie est incontestable. Les femmes sont mauvaises *parce qu'elles* sont des femmes.

À l'exception notable de Miss Canvey, la vétérinaire compétente et pleine de compassion qui identifie immédiatement la cause des problèmes comportementaux de Tulip comme un problème de cœur : *Elle est amoureuse de vous, c'est évident.*

De même que le fait qu'il est amoureux d'elle. Mais aussi évident que ce soit, je reste sidérée par le traitement qu'il lui fait subir. Les problèmes comportementaux de Tulip sont graves. C'est un cauchemar de chien, mal dressée, nerveuse, capable de basculer dans l'hystérie, asociale. Elle aboie sans relâche, et mord. Son comportement est si désastreux qu'il entache les relations d'Ackerley avec les gens qui l'entourent. Ses amis sont consternés qu'il ne lui impose pas une discipline plus sévère. Il met « ses problèmes psychologiques » sur le compte de son premier foyer, où elle a passé trop de temps seule et a parfois été battue. Pourtant lui-même cède souvent à la tentation de la réprimander et de la frapper alors qu'il sait que ces châtiments ne font qu'ajouter à sa confusion.

Frustration, rage, violence (ses mots). Le schéma semble inextricable. Quand Tulip donne naissance à une portée, intensifiant encore le chaos qui règne dans la maison Ackerley, il lui arrive de gifler les chiots.

Difficile de ne pas en conclure qu'avec une meilleure éducation, Tulip aurait été un chien plus heureux, et que la vie d'Ackerley (sans parler de celle de ses voisins) s'en serait trouvée bien plus agréable. Mais il est aussi un farouche opposant à la domination. Il a, chevillée au corps, l'idée que Tulip doit pouvoir vivre pleinement sa vie de chienne. Et qu'elle doit donc pouvoir chasser et manger des lapins, goûter au plaisir du sexe et de la maternité. Même après la première portée, il ne peut se résoudre à la faire stériliser : *comment pourrais-je altérer un animal aussi magnifique ?* Malgré quelques tiraillements, il en vient à être plus préoccupé par la question que par le sort de ces petits chiots errants pour lesquels il sait pourtant qu'il sera incapable de trouver un foyer. Les besoins de sa bien-aimée sont tout ce qui lui importe. Ainsi ses chaleurs ne bouleversent-elles pas que leurs vies à tous les deux, mais mettent en émoi tout un quartier de Londres, affolant une horde de chiens, en plus de Tulip elle-même, *toujours en chaleur*.

Des pages et des pages sur les tourments de sa frustration sexuelle. Ackerley partage sa douleur, elle lui brise le cœur. Saison après saison, ils souffrent de conserve. Et cependant il ne la fait pas stériliser. Ses descriptions de cette partie de l'existence de Tulip sont si douloureuses que j'avais envie de hurler : Comment pouvez-vous *ne pas* l'altérer ?

Je me souviens que tu admirais l'ouvrage autant que tu répugnais à cette vie. Une vie où la relation la plus cruciale d'un homme est avec un chien – quoi de plus triste, disais-tu. Pourtant, j'ai le sentiment, moi, qu'Ackerley a pleinement vécu le genre d'amour inconditionnel auquel chacun d'entre nous aspire, sans jamais le connaître, le plus souvent. (Combien ont trouvé leur Tulip ? interrogeait Auden.) Quinze ans de mariage, les années les plus heureuses de sa vie, disait Ackerley.

Et lorsque l'agonie de sa dernière maladie le poussa à l'achever : *J'aurais pu m'immoler telle une sati.* Au lieu de quoi, il poursuivit son existence. Il écrivit, but. Six lentes et sombres années passèrent. Il but, but encore et mourut.

L'homme et le chien : est-ce que tout a réellement commencé, comme le disent les historiens, par des mères nourricières donnant leurs seins à téter à des louveteaux orphelins en même temps qu'elles allaitaient leurs propres enfants ? Et n'est-ce pas parfaitement en ligne avec le mythe des jumeaux fondateurs de Rome ? Romulus et Remus, abandonnés à la naissance, couvés et nourris par une louve.

Une pause ici pour nous interroger sur le surnom de prédateur, de loup que nous donnons parfois aux grands séducteurs. Alors que le loup est censé être un compagnon loyal, monogame et un parent dévoué.

J'aime l'idée des aborigènes selon laquelle ce sont les chiens qui rendent les gens humains. Tout comme (même si je ne me souviens pas qui l'a dit) : Ce qui m'empêche de devenir totalement misanthrope, c'est de constater à quel point les chiens aiment les hommes.

Hypersensible aux odeurs en général et prude en matière de corps humain, Ackerley n'était néanmoins pas écœuré par les effluves de Tulip, pas même par ses glandes anales, il allait jusqu'à trouver un certain charme à sa manière de déféquer.

Il écrit moins sur ses habitudes excrétoires que sur sa vie sexuelle. Tout de même, c'est assez présent. Et puis ce sont les détails…

« Liquides et solides » : c'est le titre du chapitre.

J'ai beau toujours promener Apollon en laisse, je m'inquiète, tout comme Ackerley, qu'un chien faisant ses besoins dans le caniveau – en particulier un gros chien – fût une cible potentielle pour les voitures. Malheureusement, Apollon a cette habitude d'aller s'accroupir à une distance dangereuse du trottoir. Je ne peux pas, comme Ackerley, résoudre le problème en laissant Apollon se servir du trottoir, même si, contrairement à Ackerley, je nettoie toujours derrière lui. Ma solution, quand Apollon s'installe suffisamment loin du trottoir pour être en danger, est de me placer entre la circulation et lui. Il est vrai que cela ne fait que me mettre moi-même en danger, mais je me dis, j'espère sans trop d'innocence, que les conducteurs feront davantage d'efforts pour éviter de renverser un être humain. Les automobilistes de Manhattan ne sont pas parmi les plus patients. Plus d'une fois, je me suis fait insulter par ceux que je dérangeais. Mais je sais aussi qu'il y en a beaucoup d'autres qui, tout comme les piétons, auraient ralenti de toute façon, pour regarder.

Dans « *Flâneur** : mode d'emploi », tu disais ne pas considérer une longue promenade avec un chien comme de l'authentique *flânerie**, car ce n'était pas la même chose qu'une errance sans but, et que la responsabilité du chien empêchait le maître de basculer dans l'abstraction. Ces derniers jours, j'ai passé tellement de temps à promener Apollon que je n'arrive même plus à imaginer sortir marcher seule dans la rue.

Ce qui m'empêche de basculer dans l'abstraction, en revanche, ou juste de m'abandonner à mes pensées, c'est la manière qu'il a d'attirer l'attention. Je ne suis pas toujours amène face à l'attention des inconnus, mais bien qu'Apollon ne semble pas gêné par l'absence d'intimité au moment où il fait ses besoins, ce moment me paraît à moi particulièrement pénible. Le pire étant de me sentir observée pendant que je nettoie ses crottes, ce qui constitue manifestement une grande source d'inspiration pour un certain type de personnes. Ils commentent la taille des étrons, à croire qu'ils ne me voient pas, là, juste sous leur nez avec une pelle et un seau (opération ô combien réjouissante en elle-même, quoique j'aie été assez contente de moi d'avoir eu l'idée d'utiliser une pelle et un seau de plage d'enfant, doublés d'un sac plastique et d'une petite truelle de jardinier).

J'ai de la peine pour vous, dit quelqu'un (en souriant). Ou encore : J'adore les chiens mais je ne pourrais jamais faire ce que vous faites.

Plus rarement, je me suis aussi fait gourmander pour avoir un tel chien : Les grands chiens n'ont rien à faire en ville !

Je trouve ça cruel, a dit une femme. Garder un chien de cette taille enfermé dans un appartement.

Oh, mais nous ne sommes là que pour la journée, lui avais-je répondu tranquillement. Nous avons un vol de retour vers notre domaine dès demain.

(Oui, bien sûr, il y a des tas de gens gentils, à commencer par les autres propriétaires de chiens, et tous les gens qui se mêlent de leurs affaires et ne parlent que pour dire des choses gentilles, amicales, intelligentes. Mais chacun sait qu'il n'est jamais vraiment intéressant d'écrire, ou de lire, sur la gentillesse.)

Liquides : quand je vois les litres qui se déversent de là, je remercie le ciel qu'il ne lève pas la jambe comme tant d'autres chiens mâles ; au lieu d'un enjoliveur, il pourrait doucher une fenêtre entière.

Solides : j'en ai assez dit.

Et puis il y a quelque chose *entre* liquides et solides, qui est la malédiction des races immenses. Je dois le débarbouiller plusieurs fois par jour. C'est ce que j'appelle désengorger les quais.

Plutôt que de l'emmener chez son ancienne vétérinaire, ce qui aurait impliqué de trouver un moyen de le transporter jusqu'à Brooklyn, j'en dégote un dans le quartier. Il traite Apollon correctement mais je me méfie de lui, c'est le genre d'hommes qui parle aux femmes comme à des idiotes et aux femmes d'un certain âge comme à des idiotes, sourdes par-dessus le marché.

Lorsque je lui explique qu'Apollon ne joue jamais avec les autres chiens, pas même au parc à chiens, il me répond : Eh bien, ce n'est pas comme s'il était de prime jeunesse, n'est-ce pas. Je suis sûr que vous non plus vous ne courez ni ne bondissez plus comme autrefois.

L'histoire d'Apollon ne lui inspire qu'un haussement d'épaules. Les gens mettent leurs animaux à la porte tout le temps, dit-il. Les chiens seraient capables de mourir pour leurs maîtres, pas l'inverse. (Manifestement, il n'a pas lu Ackerley.) Le pourcentage de divorces ne nous donne-t-il pas suffisamment d'indications sur la valeur de la loyauté humaine ? dit-il, sur un ton que je trouve perturbant.

Quelqu'un m'a dit une fois que beaucoup de vétérinaires avaient tendance à être irritables car leur profession les expose à un éventail particulièrement large de bêtise humaine – dont l'essentiel, sans le moindre doute, se présente sous forme d'anthropomorphisme. L'un d'entre eux avait levé les yeux au ciel en m'entendant lui raconter que mon chat devait être très heureux parce qu'il ronronnait tout le temps. Le ronronnement est juste un bruit qu'ils font, cela ne signifie pas qu'ils sont *heureux*, m'avait-il mouché.

Celui-ci me balance sans préambule qu'Apollon est en assez bonne forme pour son âge mais qu'il ne fera pas long feu. Et vu son arthrite, ajoute-t-il, croyez-moi, il n'aurait pas envie de toute façon. Quoi que vous fassiez, ne le laissez pas prendre de poids.

Il secoue la tête face au travail de boucher réalisé sur ses oreilles et relève consciencieusement tout ce qui fait de lui un spécimen imparfait de sa race : torse et épaules trop larges par rapport à son arrière-train ; blanc du cou impur, répartition approximative des taches noires sur le reste du corps ; yeux un peu trop rapprochés ; bajoues un peu trop larges ; pattes trop épaisses. Une construction puissante mais par trop massive, sans véritable élégance.

Il n'a aucun mal à imaginer que le chien porte le deuil de son précédent maître et que ses émotions sont exacerbées par tous ces changements d'environnement. (Comment vous sentiriez-vous, *vous* ? me demande-t-il brutalement, comme si c'était une chose à laquelle je n'avais jamais pensé.) Je lui parle des hurlements et de l'épouvantable nouveau symptôme qui semble les avoir remplacés : de temps à autre, Apollon est pris d'une sorte de crise. Il regarde partout autour de lui, paraît complètement embrouillé. Puis, la queue rabattue entre les jambes, s'accroupit au plus près du sol sans pour autant se coucher. À croire qu'il essaie de se faire le plus petit possible. C'est alors que les tremblements commencent. Et s'étalent sur quelques minutes, une demi-heure tout au plus, pendant lesquelles il se recroqueville en frissonnant de manière incontrôlable.

Si vous le voyiez, on dirait qu'il a peur que quelque chose de terrible lui arrive, dis-je au vétérinaire, en me gardant bien de lui avouer que ces crises sont un spectacle si dérangeant qu'il m'arrive de fondre en larmes.

Il existe des médicaments pour traiter l'anxiété et la dépression canines, mais ce vétérinaire n'en est pas très friand. Il peut se passer des semaines avant qu'un de ces médicaments soit vraiment efficace, et souvent ils s'avèrent ne l'être pas du tout.

Gardons cela comme dernier recours, dit-il. Pour le moment, veillez à ne plus jamais le laisser seul trop longtemps, et n'oubliez pas de lui parler. Faites-lui faire de l'exercice, le plus possible. Vous pouvez également essayer les massages, s'il vous laisse faire. Mais ne vous attendez pas à le voir se transformer en Chien Joyeux. Il pourrait bien ne jamais se remettre, malgré tous vos efforts. Et vous ne saurez jamais pourquoi. Pas seulement parce que vous ne connaissez pas son histoire. Les gens pensent que les chiens sont des êtres simples, et nous aimons croire que nous savons ce qui se passe dans leur tête. Mais la vérité, c'est que les chiens sont beaucoup plus mystérieux et complexes que ce que nous avons toujours cru, et à moins qu'ils ne développent tout à coup une capacité à parler notre langue, nous ne les connaîtrons jamais vraiment. Et cela vaut pour tous les animaux, bien sûr.

C'est un bon chien, mais il faut que je vous avertisse, dit-il. Vous êtes une petite dame, et il doit peser dans les quarante kilos de plus que vous. (Flatteur…) La seule manière de procéder avec ces grandes races est de les maintenir dans l'ignorance de la vérité, qui est que vous n'êtes pas réellement en mesure de les contraindre à faire ce qu'ils ne veulent pas faire.

Comme si Apollon ne le savait pas déjà. C'est arrivé plus d'une fois, nous sommes en promenade, et tout à coup il décide que nous avons suffisamment marché. Il s'arrête et s'assied ou se couche sur le sol, et il n'y a rien que je puisse faire pour le relever. Je suis moins en colère contre lui toutefois que contre les gens qui s'arrêtent pour nous regarder et rient même parfois. Une fois, un homme, pensant aider, s'est planté debout à quelques mètres de nous et s'est mis à siffler en se tapotant la jambe. Pour toute réaction, il avait déclenché un grondement de tonnerre, quelque chose que je n'avais jamais entendu, si effrayant que l'homme et plusieurs autres personnes avaient aussitôt changé de trottoir.

La personne qui l'a dressé lui a appris à reconnaître les hommes comme des alphas, dit le vétérinaire, et vous n'avez pas intérêt à ce qu'il change d'idée. Vous n'avez pas intérêt à ce qu'il se mette en tête que c'est lui l'alpha. Quand il s'appuie sur vous, ainsi que les grands danois le font, tenez bon, ne le laissez pas vous faire trébucher. Faites-le s'allonger sur le dos, frottez-lui le torse quelque temps. Et pour l'amour de Dieu, regagnez le lit et lui le sol. On dresse un chien en lui apprenant à rester *en bas*.

L'expression sur mon visage à ce moment l'exaspère manifestement.

C'est un bon chien, répète-t-il, assez fort cette fois. Ne le transformez pas en mauvais chien. Un mauvais chien peut facilement devenir un chien dangereux.

Le temps qu'il termine d'examiner Apollon et de me faire la leçon, finalement je ne le déteste pas tant que ça, Véto Grincheux. Quoique je me serais passée de sa dernière remarque : Souvenez-vous, la dernière chose dont vous avez besoin, c'est qu'il commence à vous considérer comme sa chienne.

Depuis que j'ai Apollon, je repense souvent à Beau, un croisement entre un berger et un danois, il appartenait au petit ami avec qui je vivais quand j'avais entre vingt et vingt-cinq ans. C'était encore un chiot quand je l'avais rencontré, il devait atteindre presque la même taille qu'un danois et développer beaucoup de traits de cette race mais avec le caractère nerveux et agressif d'un berger. Grand, non coupé, et très dominant, quand il déboulait dans la rue, on aurait dit un type qui cherche la bagarre (que souvent, hélas, il trouvait). Notre appartement était situé dans un quartier chaud, mais tant que nous savions que Beau était derrière la porte, nous n'avions même pas besoin de fermer la porte. Je l'emmenais avec moi chez une amie, à quatre kilomètres de là, restais jusqu'à une ou deux heures du matin et rentrais par les rues sombres et vides. Beau était conscient du danger que nous courions, sa tension était perceptible, il était hypervigilant ; c'était une sorte de soldat en manteau de fourrure ; *armé*, comme le fusil d'un soldat. Plus d'une fois il flanqua une trouille bleue aux gars qui traînaient dans les coins, ou sous les porches. (Je devrais d'ailleurs ajouter que durant ces années, parmi les gens que je connaissais dans ce quartier, ils étaient très peu à n'avoir jamais été dépouillés, cambriolés, ou pire.) Il y avait quelque chose d'indéniablement fascinant à écouter Beau grogner et aboyer comme le tonnerre gronde, à le voir imposer cette distance à tout ce qu'il pouvait interpréter comme une menace à mon encontre (y compris n'importe quel inconnu qui avait le malheur de simplement me regarder), à savoir qu'il me défendrait – jusqu'à la mort s'il le fallait. Cela faisait partie des raisons pour lesquelles je l'aimais.

De même, à l'époque, *j'aimais* que nous attirions l'attention.

Mais les choses ont changé maintenant. La ville s'est calmée, les rues sont sûres, et de toute façon je ne m'amuse plus à me promener tard dans la nuit. À une ou deux heures du matin, je dors. Je n'ai pas besoin de protection. Je n'ai pas besoin d'un chien teigneux pour me défendre. Je ne veux pas qu'Apollon ait un jour l'impression de devoir aboyer ou gronder contre quiconque. Je ne veux pas qu'il s'inquiète. Je ne veux pas qu'il soit anxieux. Je veux qu'il sente que nous sommes tous les deux parfaitement en sécurité, où que nous allions. Je ne veux pas qu'il soit mon garde du corps. Je ne veux pas qu'il soit mon arme. Je veux qu'il se détende. Je veux qu'il soit Chien Joyeux.

Vous lui avez manqué, me raconte la femme qui vit dans l'appartement du dessus.

En rentrant de la fac, je tombe sur elle dans l'ascenseur.

Je sais ce que cela veut dire : Apollon a recommencé à hurler.

Il faut qu'il t'oublie. Il faut qu'il t'oublie et qu'il tombe amoureux de moi. Il le faut.

Cinquième partie

« Est-ce que vous avez déjà lu des choses sur les mastiffs tibétains ? »

J'ai bel et bien lu l'article du *Times*, je le lui dis, mais son envie d'extérioriser est trop forte : elle me raconte quand même l'histoire.

Il y a à peine quelques années, en Chine, le mastiff tibétain était un symbole de statut social, un article de luxe estimé à l'équivalent de 200 000 $, dont quelques chiots se vendaient même à plus d'un million. Au pic de la folie, les chiens étaient produits en nombre de plus en plus important par des éleveurs opportunistes. Puis la folie s'éteignit. Pas assez précieux, trop coûteux en nourriture, ces chiens énormes et parfois difficiles à maîtriser perdirent leur cote. La suite ne se fit pas attendre : une vague massive d'abandons. Des chiens entassés dans des camions de marchandises, où, après d'abominables souffrances, beaucoup d'entre eux mouraient. Puis, l'abattoir.

Franchement, je n'avais pas besoin d'entendre cette histoire deux fois.

Cette femme est une des personnes que nous rencontrons souvent lors de nos promenades, tandis qu'elle-même promène ses deux chiennes, de gentilles bâtardes, une mère et sa fille. Elle rebondit sur l'article du journal pour se lancer dans sa tirade – ça aussi, elle me l'a déjà raconté – sur les démons de l'élevage de chiens. Les bâtards, c'est la volonté de la nature, les bâtards sont dans l'ordre des choses. Et qu'est-ce qu'on a à la place ? Des colleys débiles, des bergers névrosés, des rottweilers assassins, des dalmatiens sourds et des labradors si calmes qu'on pouvait leur tirer dessus à bout portant sans qu'ils aient suspecté le moindre danger. Des légumes en manteau de fourrure, des boiteux, des abrutis, des sociopathes, des chiens aux os trop fins, à la chair trop grasse. *Voilà* ce qu'on obtient quand on élève des chiens pour l'aspect que *les gens* veulent qu'ils aient. Ce devrait être un crime. (Je me suis dit que cette femme était folle quand elle m'a parlé des pointers qui se figent en position d'arrêt, mais cette farce s'est avérée bien réelle.)

Je frissonne à l'idée de ce que tout cela va devenir d'ici cinquante ou cent ans, dit la femme, l'air effectivement sinistre. Enfin, d'ici là, ajoute-t-elle, la terre entière aura été anéantie, de toute façon. Et peut-être consolée par cette perspective, elle prend ses bâtardes et s'en va.

Et je me retrouve là à songer aux mastiffs. À part leur volume énorme et une crinière qui les fait ressembler à des lions, ils sont connus pour être férocement protecteurs et loyaux envers leurs maîtres. Que peut donc bien ressentir un chien élevé pour ces traits de caractère justement quand son maître le laisse être embarqué dans un de ces camions de marchandises ? Est-ce qu'un chien comprend le concept de trahison ? Je n'en suis pas sûre. Je crois que ce qui préoccupe le plus le mastiff, tout le long de son voyage jusqu'à l'abattoir, c'est : Qui va protéger le Maître maintenant ?

Une digression. Sur la souffrance animale, que savons-nous vraiment ? Il existe des preuves que les chiens et d'autres animaux ont une tolérance plus élevée que les humains à la souffrance. Mais leur capacité réelle à la souffrance – de même que la véritable mesure de leur intelligence – demeure un mystère.

Ackerley croit profondément que l'intensité de leur implication émotionnelle auprès des hommes, le temps qu'ils passent à essayer de leur faire plaisir, doit rendre la vie des chiens anxiogène et stressante. Mais leur arrivait-il d'avoir mal à la tête ? se demande-t-il, car on ignorait encore à l'époque des choses aussi élémentaires.

Une autre question : pourquoi les gens trouvent-ils souvent la souffrance des animaux plus difficile à accepter que la souffrance d'autres êtres humains ?

Prenez Robert Graves, écrivant sur la bataille de la Somme : *Le nombre de chevaux et de mules morts me choqua, les cadavres humains, c'était une chose, mais entraîner ainsi des animaux dans la guerre me semblait injuste.*

Pourquoi, de tous les souvenirs atroces de son calvaire comme prisonnier de guerre au Japon durant la Seconde Guerre mondiale, celui qui hantait le plus l'athlète olympique et pilote de l'US Army Louis Zamperini était-il d'avoir vu un garde torturer un canard ?

Bien entendu, dans chacun de ces cas, la souffrance était le résultat du comportement humain, et dans celui du canard, un acte de pur sadisme. Mais les animaux ne sont-ils pas toujours à notre merci, et la pitié qu'ils nous inspirent ne tient-elle pas au fait que nous savons que l'animal n'a aucun moyen de savoir pourquoi il souffre (raison pour laquelle certaines personnes soutiennent que les animaux doivent souffrir plus encore que les humains) ? Je crois que l'intensité de la pitié que nous éprouvons pour un animal doit beaucoup à la pitié que nous nous inspirons à nous-mêmes. Je crois que nous conservons tous en nous, tout au long de notre vie, l'empreinte de ces premiers moments de la vie où nous sommes aussi animaux qu'humains, les sentiments écrasants d'impuissance, de vulnérabilité et de peur impossible à exprimer, et le besoin impérieux de cette protection dont nous sentons instinctivement la présence et que nous appelons de nos cris, jusqu'à ce qu'ils soient entendus. L'innocence est une chose par laquelle nous humains passons, puis que nous abandonnons dans notre sillage, incapables de revenir en arrière. Les animaux, en revanche, vivent et meurent sans quitter cet état, c'est pourquoi le spectacle de l'innocence outragée sous la forme de la cruauté infligée à un simple canard peut paraître l'acte le plus barbare au monde. Je connais des gens outrés par ce genre de sentiment, ils y voient du cynisme, de la misanthropie, de la perversion. Mais je crois que le jour où nous ne serons plus capables de l'éprouver sera un jour terrible pour chaque être vivant, et que notre basculement dans la violence et la barbarie n'en sera que plus rapide.

Quand on me demande pourquoi j'ai arrêté d'avoir des chats, je ne réponds pas toujours la vérité, qui a trait à la façon dont ceux que j'ai eus sont morts. Ont souffert et péri.

Tous les gens qui ont des animaux passent par là. Votre animal est malade, il n'y a pas de doute, mais qu'est-ce qu'il a, qu'est-ce qui ne va pas ? Il est incapable de vous le dire.

Et cette pensée intolérable qui ne vous lâche pas : votre chien, qui vous prend pour Dieu, croit que vous avez le pouvoir de faire cesser sa douleur, mais que, pour une raison ou pour une autre (vous aurait-il contrarié peut-être ?), vous refusez de le faire.

Le poète Rilke a une fois raconté avoir vu un chien mourant regarder sa maîtresse d'un air plein de reproche. Il a par la suite prêté cette expérience au narrateur d'un roman : *Il était persuadé que j'eusse pu empêcher cela. À présent il apparaissait qu'il avait trop présumé de mon pouvoir. Et il n'était plus temps de le désabuser. Il me regarda avec un étonnement douloureux et un air de solitude, jusqu'à ce que tout fût fini.*

Ce soupçon que votre chatte, dans son stoïcisme fier et indépendant, vous cache la gravité de son mal.

Le voyage jusque chez le vétérinaire, le diagnostic, cela du moins, cela enfin. Chirurgie, médicaments. (Arrête de recracher ces satanés comprimés !) L'espoir. Puis les doutes. Comment savoir si elle souffre, à quel point elle souffre ? Suis-je égoïste ? Préférerait-elle mourir ?

Au fil des années, j'ai traversé ces moments, plusieurs fois, trop souvent, j'ai tenu dans mes bras un chat dont le vétérinaire m'assurait qu'il partirait sans souffrir. Ma mère, qui était passée par là elle aussi, racontait : Le petit chéri est resté allongé dans mes bras tout le temps, jusqu'à la fin, à ronronner. (Je sais : c'est juste un bruit qu'ils font.)

Peu de temps après la mort d'un de mes deux derniers chats (dans mes bras, mais sans ronronner) – un chat avec lequel j'avais passé vingt ans de ma vie, plus longtemps qu'avec qui que ce soit d'autre –, le chat qui avait survécu tomba malade. Elle arpentait l'appartement, incapable de se poser un seul instant. Un chat qui ne dort pas : inimaginable. Elle voulait manger, elle essayait de manger, mais elle en était incapable. Sa voix avait changé, c'était le même miaulement affolé et insistant : Aide-moi, pourquoi ne m'aides-tu pas.

L'échographie révéla une tumeur. Nous pourrions opérer, dit la vétérinaire, une jeune femme douce dans sa blouse rose rassurante. Mais il nous faut tenir compte de son âge. C'est donc ce que je fis, ainsi que des souffrances qu'elle avait déjà endurées et du fait qu'à seize ans elle avait de grandes chances de ne pas survivre à une opération. L'autre option, avança la vétérinaire, est de la laisser s'endormir.

Ackerley haïssait tellement cet euphémisme « hypocrite ». Mais son mot à lui – *liquidé* – m'a toujours paru étrange accolé à un être sensible. Et ni lui ni personne d'autre n'utilise jamais le seul terme honnête : *tuer*. J'ai fait *tuer* ma chienne Tulip. J'ai emmené ma chatte chez la vétérinaire pour la faire *tuer*. Il vaudrait mieux faire *tuer* cette pauvre bête. Il n'y a plus d'espoir, il faut la *tuer*. Si nous ne pouvons pas leur trouver de foyers, ils seront tous *tués*.

Voulez-vous rester avec elle ?

Bien sûr.

Deux injections, expliqua-t-elle. La première pour la calmer…

La première injection fut problématique. C'était à cause de la déshydratation et de l'effet qu'elle produisait sur son système veineux. Et à présent la chatte, qui jusqu'ici s'était montrée très calme, était sur ses gardes. Elle étendit une patte et la posa sur mon poignet. Elle releva la tête, tremblante sur la tige frêle de son cou, et m'adressa un regard incrédule.

Je ne prétends pas qu'elle l'a dit, je dis que je l'ai entendu :

Attends, tu te trompes. Je n'ai pas dit que je voulais que tu me *tues*, je voulais juste que tu m'aides à me sentir mieux.

À présent la vétérinaire était clairement sur les nerfs. Avant que j'aie eu le temps de prononcer un seul mot, elle avait pris la chatte dans ses bras et s'était dirigée vers la porte : Je reviens tout de suite.

Nous étions dans un grand hôpital plein d'animation et de services différents. Je n'avais aucune idée de l'endroit où elle était allée.

Dix minutes plus tard, elle était de retour. Elle déposa la chatte sur la table, morte.

Voulez-vous rester avec elle ? Bien sûr.

Les mots sortirent de ma bouche avant même que je puisse les arrêter : Qu'est-ce que vous avez fait ?

J'ai entendu parler d'une étude selon laquelle les chats, contrairement à d'autres espèces animales, sont incapables de pardonner. (Comme les écrivains, sans doute, qui, d'après un éditeur que je connais, n'oublient jamais un refus.)

Peut-être la culpabilité était-elle pire encore parce que de tous les chats que j'avais eus, celle-ci était sans doute celle que j'avais le moins aimée, elle était toujours restée assez distante, elle ne me laissait pas la caresser, la prendre sur mes genoux, c'était elle qui attendait que je dorme pour grimper sur ma hanche. Et voilà que c'était à elle que je ne pouvais plus cesser de penser. Il me suffisait de tomber sur un poil de chat, un brin de moustache dans l'appartement, pour que résonne de nouveau à mes oreilles le miaulement rauque et frénétique des derniers jours. Non, je ne voulais plus d'autre chat. Je ne voulais plus avoir à regarder un autre chat mourir, souffrir puis mourir. Sans parler de cette autre angoisse : si je prenais un chat, que lui arriverait-il si je devais mourir en premier ?

Ainsi étais-je à l'abri, sans doute, de devenir une vieille femme à chats. Je me réjouis qu'à l'ère d'Internet, qui a beaucoup ravivé le culte ancestral pour les chats, cette imagerie ait perdu de la honte qu'elle véhiculait. Un interne m'a un jour raconté avoir appris lors de son passage en service psychiatrique que le fait de posséder plusieurs chats pouvait être retenu comme un symptôme de maladie mentale. En repensant aux cas atroces d'entassement d'animaux dont j'avais entendu parler, je me disais que c'était une bonne chose que la profession psychiatrique prête une oreille attentive à ce terrain particulier. Mais lorsque je lui demandais à partir de *combien* de chats une personne franchissait la ligne, il répondit *trois*.

Vu les pouvoirs extraordinaires de l'odorat canin, je sais que, même des années après, Apollon sait que cette maison était autrefois un territoire félin. Je me demande bien ce qu'il en pense.

Il existe un film hongrois dont le titre est *White God*, qui raconte le soulèvement des chiens de Budapest contre leur oppresseur. Comme tous les soulèvements, celui-ci a un leader. Il s'appelle Hagen, c'est un bâtard, le chien adoré d'une petite fille nommée Lili. Son calvaire commence lorsque le père de Lili refuse de payer la taxe imposée à tous les propriétaires de chien de race impure. Jeté à la rue, Hagen tente de remonter la piste jusqu'à Lili (qui, de son côté aussi, se démène pour le retrouver) mais se heurte, d'abord à des employés de la fourrière, puis à une brute qui, usant des méthodes les plus cruelles qui soient, entraîne Hagen au combat. Ce n'est qu'après avoir tué un autre chien, pour sa première fois sur le ring, qu'Hagen comprend non seulement ce qu'il vient de faire mais ce qu'on lui a fait. Il réussit à échapper à son entraîneur mais il est rattrapé et embarqué à la fourrière où les employés prévoient de le liquider. Encore une fois, Hagen s'enfuit, libérant au passage un grand nombre d'autres chiens, qui suivent ses traces tandis qu'il file à travers les rues. La meute galopante – agressive parfois – est rejointe par d'autres chiens encore, des chiens de tous les coins de la ville : Hagen soulève une véritable armée. Ses ennemis sont débusqués, un à un, et violemment tués. Le Hagen d'autrefois, gentil, a subi une transformation telle que lorsqu'il retrouve enfin Lili, dans la cour de l'abattoir où son père travaille comme contrôleur de la viande, il montre les crocs et se met à grogner. Après tout, elle aussi est un être humain – et son père, par qui cette guerre a commencé, se tient là à côté d'elle. En rangs derrière Hagen, les membres de son armée sont prêts à bondir. Lili, dans sa peur, se souvient comme Hagen aimait autrefois l'entendre jouer de sa trompette (son instrument dans l'orchestre de l'école), l'effet apaisant que la musique avait sur lui. Elle sort la trompette de son sac à dos et se met à jouer. Hagen se calme et se couche. Puis tous les autres chiens se calment à leur tour et se couchent. Lili continue de jouer, prolongeant ce moment de paix.

Ce n'est pas une fin heureuse, car nous savons, bien sûr, que les chiens sont condamnés. Mais ils ont eu leur revanche.

On voit bien pourquoi beaucoup de gens – dont moi, avant qu'un professeur de littérature ne me détrompe au lycée – croient à cette phrase que quelqu'un a dite : La musique adoucit les bêtes sauvages.

La musique a des charmes capables d'adoucir un *cœur* sauvage[1], a en réalité écrit le dramaturge William Congreve. Cela fait néanmoins partie de notre mythologie : un animal sauvage et furieux sera calmé ou apprivoisé par la musique. Ce qui paraît sensé, étant donné ce que nous savons des effets de la musique sur les humeurs des humains.

Dans *White God*, juste avant d'être mis à mort, les chiens sont placés dans une pièce avec une télévision

---

1. En anglais, la vraie citation contient le mot *breast*, par extension « poitrine » et « cœur » en français, qui ne diffère que d'une lettre du mot *beast* (« bête »), ce qui explique la confusion.

où passe un vieil épisode de Tom et Jerry, *Le Concerto du chat*, dans lequel Tom joue la *Rhapsodie hongroise* n° 2 de Liszt.

Je ne sais pas si la musique peut réellement adoucir le cœur d'un chien, toujours est-il que cela fait partie des suggestions que je trouve sur Internet pour traiter la dépression canine.

(Vous écrivez un livre ? Vous êtes déprimée ? Vous êtes à la recherche d'un chien ? Votre chien est déprimé ?)

Mais quel genre de musique ?

Autrefois j'avais un lapin que je laissais circuler en liberté dans la maison. Dans le salon, il y avait une chaîne stéréo dont les deux grandes enceintes étaient posées à même le sol. Chaque fois que je mettais de la musique, le lapin se précipitait vers les enceintes et se plantait devant. La plupart du temps, il s'allongeait, immobile, à écouter ou parfois à se lécher les oreilles. Mais si je mettais « Les moutons peuvent paître en paix » de Bach, il se levait et gambadait gaiement à travers la pièce.

Quel genre de musique ? Gaie ? Douce ? Rapide ou lente ? La *Rhapsodie hongroise* n° 2 ? Et du Schubert ? (Oh non, peut-être pas Schubert, dont la plume, disait Arvo Pärt, trempait pour moitié dans l'encre, pour moitié dans les larmes.) Et pourquoi pas *Bitches Brew* de Miles Davis ? (Je sais que tout cela relève de l'anthropomorphisme primaire, mais c'est parfois la forme que revêt l'amour.)

Je lui mets Miles Davis. Je lui mets Bach et Arvo Pärt. Je lui mets Prince, Adele et Frank Sinatra. Et Mozart, beaucoup de Mozart.

Aucun ne semble lui faire le moindre effet. Je ne suis même pas sûre qu'il écoute. Et si c'est le cas, il s'en fiche.

Puis je me souviens avoir lu quelque chose à propos d'une expérience dans laquelle un groupe de singes à qui on donnait le choix entre écouter du Mozart et écouter du rock'n'roll choisissait Mozart, et entre Mozart et le silence, choisissait le silence.

White God s'inspire en partie du roman *Disgrâce*. Après avoir perdu son poste d'enseignant, David Lurie abandonne sa vie à Cape Town. Il se retire dans un village du Cap-Oriental où sa fille, Lucy, a une petite ferme de subsistance et où il finira par trouver un travail dans un refuge animalier. Sur le sort des innombrables chiens indésirables, Lucy a cette réflexion : Ils nous font l'honneur de nous traiter comme des dieux, et en retour nous les traitons comme des objets.

Une lettre du bureau de gestion de mon immeuble m'annonce qu'il a été porté à leur attention que je me suis mise en situation de violation de mon bail. Le chien doit quitter les lieux immédiatement, ou…

Va-t-il arriver malheur au chien ?

Sixième partie

Le problème avec cette histoire, dit un étudiant, que nous appellerons Carter, à propos d'une nouvelle écrite par une étudiante, que nous appellerons Jane, est que l'héroïne n'est pas un personnage de fiction. Elle ressemble davantage à une personne de la vraie vie.

Il est obligé de me le dire deux fois, mon esprit ayant vagabondé, me forçant à lui demander de se répéter.

Vous dites que le personnage est trop réel ? l'interrogé-je bien que je sache que c'est exactement ce que Carter vient de dire.

Le personnage en question est une fille aux cheveux roux et aux yeux verts qui s'allie à une fille aux cheveux blonds et aux yeux bleus pour découvrir finalement que le type que la blonde vient de larguer n'est autre que son nouveau petit ami. La couleur des cheveux et des yeux du petit ami n'est pas précisée, mais il est décrit comme grand. Plus tard, une autre étudiante, que nous appellerons Viv, dira qu'elle voudrait savoir si la petite amie aussi est grande. En quoi est-ce important ? lui demandé-je, dissimulant mon exaspération (et on ne peut pas en dire autant de Viv, qui déteste qu'on lui demande des explications et réplique de manière désagréable : J'ai pas le droit de demander ?).

Moi aussi, il y a des choses que je voudrais savoir. Par exemple, pourquoi, chaque fois que ces deux filles ont envie de parler, se précipitent-elles dans leurs voitures pour foncer l'une chez l'autre ? Pourquoi n'utilisent-elles jamais leurs téléphones, pourquoi ne s'envoient-elles pas même un texto pour vérifier que l'autre est bien chez elle avant d'y aller ? Pourquoi ne savent-elles pas l'une sur l'autre des choses qu'elles apprendraient en deux minutes sur Facebook ?

C'est l'un des points qui me laissent le plus perplexe dans la fiction étudiante. J'ai lu quelque part que les étudiants sont capables de passer dix heures par jour sur les réseaux sociaux. Pourtant dès qu'il s'agit des gens sur lesquels ils écrivent – pour la plupart, des étudiants eux aussi – Internet semble à peine exister.

Les portables n'ont pas leur place dans la fiction, ai-je une fois lu dans la marge d'un de mes manuscrits, remarque acerbe laissée là par un éditeur, et depuis – il y a plus de vingt ans maintenant – cette disjonction entre nos vies saturées de technologie et notre fiction expurgée de technologie m'étonne toujours.

Si quelqu'un peut éclairer ma lanterne, me suis-je dit depuis, ce sera un étudiant. Cependant ils ne m'ont pas été d'un grand secours. La réaction la plus intéressante est venue d'une étudiante en dernière année, qui se trouvait être également la mère d'un enfant de cinq ans. Chaque fois qu'elle lui lisait une histoire, disait-elle, son fils n'arrêtait pas de l'interrompre : Quand est-ce qu'ils vont aux toilettes ? Maman, quand est-ce qu'ils vont aux toilettes ?

Il y a des choses que nous faisons tout le temps dans la vie et que nous ne mettons jamais dans nos histoires : CQFD. Certes, mais personne ne passe dix heures par jour aux toilettes.

Il suffit de repenser à ce que disait Kurt Vonnegut, regrettant que nos romans sans technologie échouent autant à représenter notre vie que la littérature victorienne échouait à représenter celle d'alors en l'expurgeant de sexe.

Mais c'est là un autre mystère. *Rien dans la tête, rien entre les jambes*, ainsi un professeur décrivait-il les personnages des histoires d'ateliers d'écriture. Ce professeur exerce depuis bien plus longtemps que moi, il est sur le point de prendre sa retraite. D'après lui, cela n'a pas toujours été ainsi.

Je me souviens d'une époque où il y avait du sexe partout, dit-il, le genre pervers surtout. Aujourd'hui, tout le monde a peur d'offenser tout le monde, de déclencher quoi que ce soit. Nous devrions nous estimer heureux, cela dit. En effet, de nos jours, une discussion sur le sexe en classe peut aisément vous causer des problèmes.

Je connais un autre homme, professeur dans une université réservée aux femmes, qui s'est attiré des ennuis pour avoir inclus « Votre première expérience sexuelle » dans une liste de suggestions de points de départ narratifs, suscitant une plainte d'un groupe de femmes. D'après le doyen, ce qu'il avait fait pouvait – et l'avait d'ailleurs été – être considéré comme une forme de harcèlement sexuel.

C'est en suivant une formation en ligne obligatoire baptisée « Formation face à l'inconduite sexuelle » que j'ai mesuré à quel point la moindre référence orale ou écrite à un comportement sexuel, y compris via des plaisanteries, des illustrations ou une conversation anodine sur la vie sexuelle de telle ou telle personne, pouvait être qualifiée d'inconduite sexuelle. Apparemment, le cadre d'un atelier d'écriture ne fait pas figure d'exception. Je me suis inquiétée tout à coup d'avoir donné comme lecture à mes étudiants une nouvelle dans laquelle figurait une scène d'asphyxie autoérotique, mais cela leur était passé complètement au-dessus de la tête. J'avais donc été obligée de les éclairer sur le sujet, résultat, je me suis encore inquiétée en me disant que je n'aurais peut-être pas dû.

Bien que j'avoue m'être contentée d'effleurer l'essentiel du corpus de la formation, j'ai été saisie en arrivant à l'examen final des connaissances (« Le candidat est seul à voir les résultats ») de me tromper sur deux des dix questions. Le logiciel m'a alors suggéré de revenir en arrière, aux sections concernées, et de les relire plus attentivement. Mais pourquoi m'embarrasser, puisque je sais maintenant que, oui, je suis bel et bien *tenue* de rendre compte de la moindre information concernant des relations amoureuses entre enseignant et étudiant, et que bien que je n'y sois *pas* obligée, je suis *fortement encouragée* à rendre compte de la moindre plaisanterie douteuse d'un de mes collègues, même si la plaisanterie ne m'a pas personnellement offensée.

Ce que je vous dis, reprend Carter, c'est que je connais cette fille. Je peux vous dire exactement de quoi elle a l'air.

Comment ça ? La seule chose que je peux vous dire sur l'apparence de cette fille est ce que Jane a établi :

la couleur de ses yeux, la couleur de ses cheveux – manière habituelle qu'ont les étudiants de décrire un personnage, comme si une nouvelle était une pièce d'identité, un permis de conduire. C'est devenu un tel lieu commun que j'ai fini par en conclure que les étudiants doivent penser qu'en dire trop sur un personnage est vulgaire, intrusif, et qu'il vaut mieux rester aussi discret – c'est-à-dire, flou – que possible. Un étudiant qui écrirait sur Carter, par exemple, dirait que ses yeux sont marron mais omettrait de mentionner le fil de barbelé tatoué autour de son cou, ou la façon qu'il a de constamment se frotter le poignet, douloureux à force de servir des expressos au Starbucks du campus. Il parlerait de ses cheveux bruns bouclés mais pas du fait qu'ils sont en permanence, peu importe la chaleur, dissimulés sous un petit bonnet noir. Peut-être même laisserait-il de côté le piercing de la taille d'une pièce de un dollar qu'il a à l'oreille et que je ne peux croiser sans grimacer.

Je sais tout sur elle, dit Carter.

Pour moi, le personnage principal est aussi mince et gris que ce cheveu que je viens de repousser de ma manche. Mais pour Carter, le problème ce n'est pas qu'elle soit trop vague, c'est qu'elle soit trop familière.

C'est son éternelle critique : à quoi ça sert d'écrire des histoires sur des gens qu'on croise tous les jours dans la vraie vie ?

Chose dangereuse que de laisser des étudiants critiquer les manuscrits d'autres étudiants, disait Flannery O'Connor : des aveugles guidant d'autres aveugles.

L'ambition littéraire de Carter est de devenir le prochain George R. R. Martin. Son roman en cours décrit les combats épiques entre des royaumes imaginaires menant des guerres interminables pour la conquête du pouvoir, la domination et la vengeance. Contrairement à son idole, en revanche, il ne peut pas être taxé d'avoir un penchant pour les scènes de violence sexuelle. Ni viol ni inceste dans ses pages. Pas de sexe du tout, d'ailleurs les femmes en sont presque absentes. Quand, en classe, certains expriment des doutes sur la pertinence d'un roman sans aucun personnage féminin significatif, Carter hausse les épaules et ne répond pas. Pourtant, une fois seuls dans mon bureau, il me révèle qu'en fait il y a bien des femmes dans son roman. Et du sexe. Beaucoup de sexe. Violent, essentiellement. Des viols. Des viols collectifs. De l'inceste.

J'efface tout pour l'atelier, dit-il.

Quand je lui demande pourquoi, il lève les yeux au ciel.

Vous plaisantez ? Vous savez bien comment les gens réagiraient. Les femmes, vous imaginez ? Je pourrais me faire expulser de l'université.

Je lui réponds que je suis sûre que jamais une chose pareille ne se produirait, mais il n'est pas convaincu. Avec son petit bonnet noir porté bas sur le front, il a des airs d'homme de Cro-Magnon. Ses lobes étirés donnent l'impression d'oreilles distendues, comme les créatures mi-humaines de ses histoires.

En tout cas, je ne vais pas courir le risque, dit-il. Mais faites-moi confiance, tout est là. Toute la partie brute de décoffrage, ajoute-t-il. Ce qui provoque une réaction en moi. Qui ne lui échappe pas.

Mais si *vous* voulez le voir, dit-il, je vous le montre.

Je crois que ce ne sera pas nécessaire, bredouillé-je, et il me gratifie d'un petit sourire suffisant.

La majorité de mes étudiants le font. Certains de mes collègues enseignants le font. Les gens qui travaillent dans l'édition le font. Tous le font encore davantage quand l'écrivain est une femme. Mais quand est-ce que ça a commencé, cette habitude de mentionner des écrivains qu'on ne connaît pas par leurs prénoms ?

Un festival littéraire à Brooklyn. Je monte à bord de la ligne 2 à la station Fourteenth Street. Le wagon est plein. J'aperçois deux personnes, la cinquantaine, un homme et une femme, ils sont assis pas loin de moi, pas assez près, cela dit, pour que j'entende leur conversation. Leur langage corporel laisse penser qu'ils sont amis, ou collègues, plutôt qu'en couple. Quelque chose me dit que nous allons au même endroit. Une demi-heure plus tard, à Atlantic Avenue, ils sortent en même temps que moi. C'est un samedi soir, la station gigantesque est noire de monde, je les perds de vue très vite. Le festival a lieu dans une salle à plusieurs pâtés de maisons de la station. En arrivant là-bas, je fonce droit vers le bar, et les y retrouve, l'homme et la femme de la ligne 2, dans la queue, juste devant moi.

Ce semestre, je partage un bureau avec une autre professeur. C'est une nouvelle venue, en fait c'est son premier poste d'enseignante. Il se trouve même que cette jeune femme était l'une de mes élèves il y a quelques années. Même programme, même université.

De temps en temps, elle fait de la méditation au bureau, et l'air embaume la bougie au mimosa ou à la fleur d'oranger qu'elle allume dans ces cas-là.

Comme nous donnons cours des jours différents, nous n'avons pas l'habitude de nous croiser, mais nous restons en contact, nous nous laissons des messages, des mots, et parfois elle a la gentillesse de déposer un biscuit, une barre de chocolat ou un paquet d'amandes grillées à mon intention. Une fois, pour mon anniversaire, elle a rempli le bureau de fleurs.

Quand elle était encore étudiante, cette jeune femme a réussi un bel exploit en signant un contrat pour son travail de maîtrise, un premier roman, qu'elle n'avait pourtant pas terminé, ainsi qu'un deuxième qui n'en était même pas au stade embryonnaire. Avant la publication du premier livre, elle avait déjà commencé à gagner des prix, et quand elle eut reçu, les uns après les autres, tous les prix littéraires destinés à des écrivains prometteurs – pour un total de presque un demi-million de dollars – on commença entre nous à l'appeler MEF (pour Meilleur Espoir féminin).

Comme prévu, à sa publication, son premier roman enthousiasma la critique, qui l'encensa. Toutefois, malgré cela, et malgré l'obtention d'un nouveau prix littéraire, le livre ne se vendit pas. Dans notre petit monde, MEF reste célèbre, elle est « la fille qui a tout eu ». Mais dans le vaste monde, même parmi ceux qui sont attentifs aux nouvelles voix, deux ans plus tard, ni le titre du livre ni le nom de l'auteur ne rappellent plus rien à personne.

Rien de nouveau sous le soleil, et pas la fin du monde non plus. Mais essayez de l'expliquer à MEF, qui depuis deux ans maintenant n'a pas réussi à écrire une ligne.

Elle s'est alors dit que l'enseignement l'aiderait peut-être, ou du moins lui donnerait de quoi s'occuper utilement. Étudiante, quoique introvertie, elle irradiait de confiance. Désormais enseignante, elle est complètement submergée. Elle a quasiment le même âge que la plupart de ses élèves, parfois même elle est plus jeune qu'eux. Et pleinement consciente de son inexpérience criante, de son manque d'autorité flagrant. Sa voix est haut perchée, fluette et naturellement chevrotante, et elle a tendance, quand elle est anxieuse, à rougir.

Elle est particulièrement amère à propos de ses étudiantes, dont elle sent bien qu'elles lui en veulent, et qui la bombardent de ces vibrations, ces airs de pour-qui-vous-prenez-vous que les femmes s'adressent entre elles, spécialement celles qui en veulent, les ambitieuses. Parmi les étudiants, trois ont déjà essayé de la draguer. L'un d'entre eux la déshabille des yeux avec tellement d'intensité qu'elle passe ses cours assise les bras croisés devant la poitrine. Pire, elle s'est découvert une violente attirance pour lui.

Il lui arrive de faire des crises de panique avant ses cours. D'où la méditation, associée parfois à de la benzodiazépine.

MEF est tourmentée par la peur non seulement de ne plus jamais écrire une ligne, mais que sa vie entière soit un mensonge. Que tout ce qu'elle a accompli jusqu'ici soit le résultat d'une sorte d'erreur. Que quiconque ait pu un jour avoir envie de la publier – que quiconque ait un jour pensé qu'elle était capable d'enseigner : inexplicable ! Quant à ce deuxième roman, peu importe le nombre de rallonges que l'éditeur lui accordera, elle sait qu'elle n'en viendra jamais à bout.

MEF vit dans la terreur d'être démasquée : elle n'est pas juste une ratée, elle est une imposture. *Et est-ce que tout le monde pourrait cesser de l'appeler MEF, par pitié !*

Inutile de lui rappeler que ce genre de doutes mine les écrivains depuis la nuit des temps, y compris, et peut-être même surtout, les plus grands. Inutile de citer Kafka à propos de *La Métamorphose* : « Imparfaite, presque jusqu'au fond. »

Un autre professeur, qui enseigne les mêmes jours que MEF raconte l'avoir entendue sangloter parfois derrière la porte de son bureau, notamment une fois où elle se débattait avec un simple rapport de deux pages sur la thèse d'un étudiant.

Le jour où j'ai pris place dans sa classe pour une mission d'observation commandée par le département, j'ai pu voir comment l'étudiant pour lequel elle m'avait confessé éprouver une attirance la regardait, avec cette expression de jubilation tendre. Je n'écris pas dans mon rapport ce que je pense être la réalité, qu'elle a entamé une liaison avec cet étudiant. Avec un peu de chance, elle ne viendra pas me faire de confidences, ni chercher mes conseils.

Une scène que j'imagine : je suis quelque part, peut-être dans un magasin de cosmétiques, ou un salon quelconque, ou dans la salle de bains de gens qui m'ont invitée. Tout à coup, je sens une bouffée d'une odeur particulière, du mimosa ou de la fleur d'oranger, mais je ne me souviens pas des bougies que MEF faisait brûler dans notre bureau, et suis donc complètement déconcertée par ma réaction : un frisson de panique, comme si je venais d'apprendre par télépathie que quelqu'un que je connais est en danger.

En face du bureau que je partage avec MEF se trouve le bureau de l'écrivain en résidence de l'année, mais il n'est jamais là. Il ne respecte pas les horaires de bureau et a demandé à la secrétaire du programme de faire suivre son courrier chez lui plutôt que de s'acquitter des heures où il est censé les regarder à l'université. Quand il vient pour ses cours, il va directement en classe. Il croise rarement ses collègues, et lorsque cela se produit, son regard les traverse sans s'arrêter, comme s'il ne les voyait pas. Avant le début du semestre, il a demandé au président d'informer l'université qu'il ne donnerait pas de citations sur les livres de ses collègues. Et il a lui-même informé ses étudiants dès son premier cours : *N'essayez même pas de me demander* de lettres de recommandation.

En entendant cela, tu avais été indigné : c'est ce que j'aurais dû lui dire *à lui*, quand il m'a demandé de lui en écrire une pour le Guggenheim.

Peu de temps après le début du semestre, il donne une lecture dans un Barnes & Noble. Le fait que l'assistance soit clairsemée ne le décourage pas ; il lit une grande partie de la première heure.

Pendant les questions du public, quelqu'un lui demande pourquoi son livre, dont la forme est largement non conventionnelle, porte le nom de roman, sa réponse : C'est un roman parce que je dis que c'est un roman.

Durant la séance de dédicace, une femme l'encourage à en écrire un autre très vite. Parce que vous savez, ajoute-t-elle très sérieusement, il n'y a rien à lire en ce moment.

Chez Barnes & Noble.

Aux informations : trente-deux millions d'adultes américains ne savent pas lire. Le lectorat potentiel d'un recueil de poésie a diminué de deux tiers depuis 1992. Une femme « assommée par son loyer » s'inquiétant de savoir comment elle va survivre à New York décide d'essayer d'écrire un roman (« et cela se passe bien »).

Septième partie

L'Épouse Numéro Un vit à l'étranger. Elle avait pris un vol pour New York pour la soirée de commémoration, et la veille de son retour chez elle, nous étions allées dîner toutes les deux.

« Je sais que c'est pire pour toi, dit-elle gentiment. Nous avons été mariés, mais c'était il y a tellement longtemps. Et quand ça a été fini, il ne restait plus rien. Ni amitié, ni contact, rien. C'est ainsi, c'était écrit. Et pour être tout à fait honnête avec toi, j'ai d'abord pensé ne pas venir. Mais ensuite je me suis ravisée, tu sais, pour tourner la page. Quoi que cela signifie. »

Quand c'est un suicide, a dit quelqu'un à la soirée, on ne peut pas tourner la page.

« Mais toi, dit-elle. Vous étiez si bons amis tous les deux, depuis si longtemps. Je vous enviais tellement autrefois. Je me disais : Si seulement lui et moi n'étions pas tombés amoureux, *nous aussi* aurions pu être de tels amis ! »

Mais cela avait été irrésistible, inévitable. Un amour si puissant qu'il semblait être l'effet d'un sortilège. L'une de ces grandes passions que rares connaissent, et qui ne laissent aux autres que les fragments d'un rêve.

Encore aujourd'hui, cette passion a la force des légendes pour moi : belle, terrible, maudite.

Je me souviens avoir eu le sentiment à vos côtés d'être auprès d'une fournaise. Et je me souviens avoir pensé, quand les choses se sont dégradées, que l'un de vous deux finirait par en mourir. Toi-même racontais que tu avais parfois l'impression de faire quelque chose d'interdit, de criminel même. Et elle, élevée dans la religion catholique, était convaincue qu'un amour si idolâtre ne pouvait être qu'un péché. Et bien sûr, à la fin, ce fut ce qui conduisit l'Épouse Numéro Deux au désespoir : pas tes multiples aventures, non, mais la conviction qu'un tel amour ne se présentait pas deux fois dans une vie, la certitude que, quels que soient tes sentiments pour elle, ce ne serait jamais aussi fort que ce que tu avais éprouvé pour l'Épouse Numéro Un, qui, craindrait-elle éternellement, détenait ton cœur pour toujours.

Si seulement nous n'étions pas tombés amoureux, répétait-elle encore et encore.

« J'y pensais justement en venant dans le taxi. Tu te souviens comme on le vénérait ? Comme on était toutes ses petites groupies ? Comment on nous appelait déjà à l'époque ?

— La famille Manson littéraire.

— Oh, mon Dieu, oui. Pouah. Comment j'ai pu oublier. »

Je me souviens comme nous étions suspendues à chacun de tes mots et courions acheter tous les livres ou disques que tu citais.

Je me souviens que tout ce que nous écrivions n'était que pathétique imitation de toi.

Je me souviens que tu avais réussi à nous convaincre qu'un jour tu gagnerais le prix Nobel.

Voilà, c'est juste un mâle blanc mort de plus.

Il s'est bien débrouillé, selon moi. Mieux que la plupart des écrivains.

« Mais il paraît que les deux dernières années, il n'écrivait plus beaucoup. »

Non.

« Est-ce qu'il avait l'air si dépressif ? Est-ce qu'il en parlait ? Ce n'est pas juste de la curiosité, je n'en dors plus. Pourquoi avait-il arrêté d'enseigner ? »

Je dresse la liste de tes griefs, rien de très différent de ce dont les autres professeurs se plaignent tous les jours : même les étudiants des meilleures écoles ne savent pas reconnaître une phrase juste d'une phrase incorrecte, plus personne dans l'édition ne semble se soucier de la qualité de l'écriture, les livres meurent, la littérature meurt, et le prestige de l'auteur a à ce point périclité que le plus grand mystère aujourd'hui est finalement de voir autant de gens se tourner vers le métier d'écrivain en pensant que c'est encore un passeport pour la gloire.

Je lui explique que tu avais perdu la foi dans l'utilité de la fiction – de nos jours, dans un monde où aucun roman, aussi bien écrit soit-il, aussi riche, plein d'idées soit-il, ne pouvait avoir le moindre impact significatif sur la société, un monde où ce qui avait conduit Abraham Lincoln à dire à Harriet Beecher Stowe en la rencontrant en 1862 : « Voilà donc la petite femme qui a écrit le livre qui a déclenché cette grande guerre », était inimaginable.

Si Abraham Lincoln avait bel et bien prononcé ces paroles.

C'est à ce moment-là que je me souviens de l'interview.

Cela paraît si étrange que j'aie pu l'oublier, même un court moment. L'interview, qui, cela me frappe à présent, était sans doute ta dernière, que tu avais donnée pour le premier numéro d'une revue littéraire du Midwest.

L'interview dans laquelle tu prédisais une vague de suicides parmi les écrivains.

Et quand voyez-vous cette vague arriver ?

Bientôt.

Je me souviens avoir été surprise que tu ne parles pas de cette interview, que j'aurais aussi bien pu manquer si un autre ami ne me l'avait pas envoyée.

Je n'en ai pas parlé parce que j'étais gêné. Après coup, je me suis rendu compte que cela paraîtrait… mélodramatique, apitoyé. J'avais pris quelques verres.

Je me souviens que l'intervieweur avait posé la question habituelle sur le public : Écrivais-tu en pensant à un lecteur en particulier ? Ce qui t'avait lancé sur la relation entre l'écrivain et son lecteur et combien cette relation avait changé. Jeune écrivain, on t'avait bien mis en garde : Ne pars jamais du principe que ton lecteur est moins intelligent que toi. Conseil que tu avais suivi à la lettre. C'est à ce lecteur que tu pensais en écrivant, répondis-tu, quelqu'un d'aussi malin que toi – voire de plus malin que toi, pourquoi pas ! Quelqu'un doté d'une curiosité intellectuelle, un grand lecteur, aussi amoureux des livres que toi. Qui adorait la fiction. Et puis, avec Internet, était apparue la possibilité de lire les réactions des vrais lecteurs, parmi lesquels tu avais été heureux d'en trouver qui correspondaient plus ou moins au lecteur que tu avais en tête. Mais il y avait les autres – pas juste un ou deux, non, un grand nombre si on les additionnait tous – qui avaient mal lu, ou mal compris, dans certains cas, assez gravement. Ce qui était déjà assez perturbant quand le lecteur avait détesté le livre, mais c'était loin d'être toujours le cas. Comme d'autres écrivains, tu te retrouvais désormais régulièrement condamné ou porté aux nues pour des choses qui ne t'avaient jamais traversé l'esprit, des choses que tu n'avais jamais exprimées, ni même eu l'intention d'exprimer, des choses qui représentaient en gros l'opposé de ce que tu croyais réellement.

Tout ceci t'avait fait perdre pied, expliquais-tu. Tu avais beau savoir que tu étais censé te réjouir de chaque exemplaire vendu, que tu étais censé te réjouir de chaque nouveau lecteur, qui après tout aurait aussi bien pu choisir n'importe quel autre livre que le tien parmi des millions, honnêtement tu trouvais difficile de te réjouir d'un lecteur qui avait tout compris de travers, honnêtement tu aurais préféré qu'un tel lecteur continue d'ignorer ton livre et aille lire autre chose.

N'en avait-il pas toujours été ainsi, pourtant ?

Sans doute. Mais autrefois l'auteur n'avait pas à le savoir, le problème ne venait pas se jeter à sa figure.

Et alors, que restait-il de « Ne jamais faire confiance au conteur. Faire confiance au conte », et du rôle de la critique qui consistait à sauver le conte du conteur?

Par « critique » cependant, Lawrence ne songeait pas à la critique autoproclamée. J'attends encore qu'on me montre un commentaire de consommateur qui aurait sauvé un livre de son auteur.

Soit, je vais me faire l'avocat du diable ici : disons que j'invite des gens à dîner et que je leur cuisine un fabuleux ragoût de bœuf, ils l'avalent en entier et déclarent : Waouh, miam, c'était le meilleur ragoût d'agneau que j'ai jamais mangé ! Et alors ? Le plus important n'est-il pas qu'ils aient aimé ?

Oh, sommes-nous en train de parler de dîner ? Eh bien, justement : je ne le prendrais pas autant à la légère si alors que j'ai écrit le mot *bœuf*, quelqu'un décidait de lire *agneau*. Le fait que les gens comparent les livres à n'importe quelle autre chose, un plat, un produit quelconque, appareil électronique, paire de chaussures, susceptibles d'être soumis à la satisfaction des consommateurs… bon sang, c'était ça le problème, disais-tu. Même ces aspirants écrivains qu'étaient tes étudiants semblaient incapables de juger un livre à l'aune de sa coïncidence avec les intentions de l'auteur, ils jugeaient uniquement sur leur appréciation personnelle, leur taux de satisfaction. Ainsi se retrouvait-on à lire des devoirs avec des phrases telles que « Je déteste Joyce, il est tellement imbu de lui-même », ou « Je ne vois pas pourquoi je devrais lire des livres sur les problèmes des Blancs ». Et des retours clients offusqués, laissant entendre que le rôle d'un livre était d'appuyer les sentiments de son lecteur – de lui donner matière à s'identifier, à se sentir inclus – sans quoi l'auteur n'avait aucune légitimité à écrire le livre. Il y avait toutes ces anecdotes comiques, ces perles que les gens adoraient, et adoraient partager – le membre d'un club de lecture racontant : Quand je lis un roman, j'ai besoin que quelqu'un meure ; ou encore les doléances contre le

Journal d'Anne Frank, dans lequel, franchement, il ne se passait pas grand-chose et dont l'histoire s'arrêtait juste au moment où il finissait par se passer quelque chose – ces anecdotes *ne te faisaient pas rire.* Oh, tu savais bien que beaucoup de gens, y compris d'autres écrivains, t'auraient taxé d'hypersensibilité. D'aucuns diraient qu'après tout le seul moyen pour un artiste d'être sûr d'avoir échoué était que tout le monde ait « bien tout compris ». Mais la vérité était que tu étais désormais si consterné par l'omniprésence d'une lecture désinvolte que l'impensable s'était finalement produit : tu avais fini par ne plus te soucier d'être lu ou non. Et tu avais beau savoir que ton éditeur t'aurait craché dans l'œil s'il t'avait entendu, tu avais tendance à adhérer à l'idée que plus aucun vrai bon livre ne rencontrait plus de trois mille lecteurs.

« Oh, mon Dieu », s'écrie l'Épouse Numéro Un.

Vers la fin de l'interview, tu embrayais sur le sujet des mentors, de l'enseignement et dynamitais les nouvelles règles interdisant les liaisons amoureuses entre professeurs et étudiants.

Quel ramassis de conneries, cette idée que l'université devait être un « lieu sûr ». Rien que de penser à toutes les choses merveilleuses de la vie qui n'auraient jamais pu advenir – toutes les grandes choses qui n'auraient jamais été créées ou découvertes ou même imaginées – si la priorité suprême avait été de faire en sorte que tout le monde se sente *en sécurité.* Qui voudrait vivre dans un monde pareil ?

« Oh, mon Dieu, oh, mon Dieu. »

La seule partie de l'interview dont je n'avais pas entendu parler auparavant était celle sur les suicides.

J'avais pris quelques verres. J'ai demandé au journaliste de me faire relire l'interview avant de la publier, il a dit oui, bien sûr, et puis ce connard ne me l'a jamais envoyée.

Je raconte à l'Épouse Numéro Un l'épisode des étudiantes qui refusaient qu'on les appelle *Ma chère*. Ce que je ne lui dis pas, encore une autre chose que j'avais oubliée et qui vient de me revenir : le jour de l'interview, tu étais contrarié, et tu m'avais dit pourquoi. Tu soupçonnais ton agent d'avoir soumis ton dernier roman à ton éditeur sans l'avoir lu.

Je suis ravi d'apprendre que ce magazine a fait faillite. C'était un petit magazine de merde.

« Voilà ce qui m'empêche de dormir, dit l'Épouse Numéro Un. C'est une chose que j'ai lue quelque part : parmi les gens qui tentent de se suicider et survivent, presque tous disent qu'ils le regrettent. Ceux qui sautent disent qu'à la seconde où ils se sont retrouvés dans le vide, ils savaient qu'ils avaient commis une erreur, qu'ils ne voulaient pas vraiment mourir. »

J'ai entendu ça aussi, mais j'ai aussi entendu une autre histoire, d'une autre époque, sur ce que les médecins légistes découvraient en examinant les cadavres des noyés, ceux qui, je crois, se jetaient dans la Seine. Ceux qui voulaient mourir pour des raisons amoureuses avaient lutté pour essayer de remonter à la surface. Ceux dont les raisons étaient la ruine financière avaient coulé comme des pierres.

Vieillir. Nous savons que cela a dû être la partie la plus difficile, plus dure encore pour toi que pour d'autres. Un homme qui, autrefois, aurait pu avoir toutes les femmes qu'il voulait. Qui avait des groupies suspendues à chacun de ses mots, persuadées qu'il gagnerait un jour le prix Nobel.

Même si ce n'était qu'un ramassis d'idiotes amourachées comme nous.

Nous commençons à attirer l'attention. Deux femmes penchées sur leur entrée, main dans la main, se tamponnant les yeux de leur serviette.

Plus tard, en voyant Apollon pour la première fois sur Skype, elle s'écrie : « Putain de merde ! Je n'arrive pas à croire qu'ils t'aient largué un monstre pareil. Pas étonnant que personne ne veuille de lui. »

Je grimace. Je ne supporte pas qu'on dise d'Apollon qu'il est indésirable. Je me souviens de l'Épouse Numéro Trois haussant les épaules en m'entendant dire que des tas de gens aimeraient avoir un chien aussi beau : Peut-être si c'était encore un chiot.

« Et je ne vois pas comment il aurait pu imaginer que tu l'adoptes si cela impliquait que tu perdes ton appartement.

— Je suis à peu près sûre de ne jamais lui avoir dit que je ne pouvais pas avoir de chien, ou bien j'ai oublié.

— Quand même, le fait qu'il ne te l'ait jamais demandé, qu'il ne t'en ait pas touché un seul mot pour savoir si tu aurais une objection à la chose… Je n'arrive pas à comprendre ce qui a bien pu lui passer par la tête. »

Moi si. Car j'y ai réfléchi de nombreuses fois, à la place, parmi toutes les autres questions qui ont dû te tourmenter, qu'occupait le sort du chien.

J'ai connu une autre suicidée : dans ses dernières volontés, elle avait mentionné son intention d'emmener elle-même son chien à la fourrière avant. Je préfère ne pas penser à ce que ces adieux ont dû être.

Non que tu aies laissé des instructions : comme beaucoup de suicidés, tu n'en as laissé aucune écrite. Ni changé une ligne au testament que tu avais rédigé des années plus tôt. Mais tu as fait en sorte que ta femme sache.

Elle vit seule, elle n'a ni compagnon, ni enfants, ni animaux domestiques, elle travaille chez elle la majeure partie du temps, et elle adore les animaux – c'est ce qu'il a dit.

Peut-être qu'à un moment ou un autre, tu as envisagé de m'en parler, peut-être même que tu avais prévu de le faire. Mais bon. Les suicidés choisissent souvent leur moment au hasard, me dit-on, suivant l'humeur du moment, le sentiment de maintenant ou jamais, assorti de cette sensation que le simple fait de prendre le temps de gribouiller des adieux pourrait vous couper les jambes. (Celui qui hésite n'est pas perdu.)

Peut-être craignais-tu qu'en ayant cette conversation avec moi – qu'arriverait-il à ton chien si tu venais à disparaître ? – je devine, ou du moins je soupçonne ce que tu prévoyais.

Quand je révèle l'âge d'Apollon à l'Épouse Numéro Un, un vieux chien pour une race qui ne vit pas longtemps et auquel le vétérinaire a donné environ deux ans encore à vivre, elle rebondit de plus belle : « C'est encore pire. Si c'était un chiot, je pourrais peut-être comprendre. Mais qu'est-ce que tu es censée faire d'un vieux chien de cette taille ? Comment vas-tu t'en occuper s'il devient infirme ? »

Cette pensée, et tout ce qu'elle implique de désagréable, m'a bien entendu déjà traversé l'esprit.

« Je ne sais pas, dit-elle. Toute cette situation me paraît complètement folle. »

Ah. Depuis le moment où j'ai appris ta mort, j'ai souvent eu cette impression d'avoir un pied dans la folie. Au début, à certains moments, il m'arrivait de me retrouver quelque part sans savoir comment j'avais atterri là, je quittais la maison, partais faire quelques courses et, une fois dehors, je ne savais plus ce que je devais acheter. J'allais donner mes cours en oubliant d'emporter les notes sans lesquelles je ne pouvais pas faire cours. Je mélangeais les rendez-vous médicaux, me présentais au mauvais bureau. Pourquoi les étudiants me dévisageaient-ils ainsi ? Est-ce que j'avais dit quelque chose d'insensé, ou répété une chose que j'avais déjà dite cinq minutes plus tôt ? Ou bien était-ce le fruit de mon imagination et personne ne me dévisageait en réalité.

Je pleure, des heures durant, devant une carte de condoléances envoyée par la secrétaire du département – hideuse, touchante.

Au moment où Apollon est venu s'installer avec moi, ce genre d'incidents était déjà moins fréquent. Mais un brouillard d'irréel persiste encore autour de moi. Parfois, j'ai véritablement l'impression de vivre dans un conte de fées. Quand les gens me disent : « Qu'est-ce que tu vas faire quand tu te seras fait expulser, tu ne peux pas juste rester assise à attendre un miracle ? », moi, je pense : « Pourtant c'est exactement ce que j'attends ! »

Je suis dans une de ces histoires où l'un des personnages est mis à l'épreuve, l'une de ces fables où quelqu'un rencontre un inconnu – qui peut être un homme ou une bête – qui a besoin d'aide. S'il lui refuse son aide, un châtiment terrible s'abat sur lui. S'il se montre bienveillant envers celui qui a besoin d'aide – souvent un riche, noble ou puissant déguisé –, il récolte une récompense, très souvent d'ailleurs l'amour de l'être dont l'identité incroyable a finalement été révélée.

J'adore cette anecdote sur Greta Garbo regardant le film de Cocteau *La Belle et la Bête*. Ces paroles qu'elle avait criées à la fin, quand le sort était rompu et que la Bête apparaissait sous les traits princiers de l'acteur Jean Marais : « Rendez-moi ma magnifique bête ! »

Parfois il y a un chien dans ce genre d'histoires. Comme dans ce conte islamique sur une prostituée portant de l'eau à un chien mourant de soif, son action plaît tellement à Dieu qu'Il lui pardonne tous ses péchés et l'autorise à entrer au paradis.

« Ce n'est pas sa faute s'il n'est pas un mignon petit chiot, ce n'est pas sa faute s'il est si énorme. Et cela semble peut-être fou, mais j'ai ce pressentiment que si je ne le garde pas, quelque chose d'horrible va se produire. S'il devait déménager encore une fois, il pourrait développer des troubles tels qu'il faudrait le piquer. Et je ne peux pas le permettre. Il faut que je le sauve. »

L'Épouse Numéro Un reprend : « De qui sommes-nous en train de parler ? »

Est-ce que c'est de là que vient la folie ? Est-ce que je crois que si je me montre bonne envers lui, si j'agis par pur altruisme et me sacrifie pour lui, est-ce que je crois que si j'aime Apollon – le beau, le vieillissant, le mélancolique Apollon –, je finirai un jour par me réveiller pour découvrir qu'il a disparu et que tu es là, à sa place, revenu du pays des morts ?

*

Maintenant qu'Hector m'a dénoncée au propriétaire, il se sent mal. Chaque fois qu'il me croise, il semble embarrassé.

Je suis désolé, dit-il, mais vous savez, vous savez…

Je sais que vous étiez bien obligé de faire votre travail.

C'est un bon chien, dit-il.

Il paraît touché qu'Apollon le laisse caresser sa tête, comme s'il pensait qu'Apollon pouvait savoir ce qu'il a fait.

Vous avez un endroit où aller ?

Pas encore, mais quelque chose se présentera, lui dis-je avec un enthousiasme que je n'ai même pas besoin de surjouer : ma vie est devenue si irréelle que j'ai à peine survolé le second avertissement du bureau de gestion de l'immeuble avant de le jeter.

C'est dommage, dit Hector. Un si bel animal. Je suis désolé.

Ce n'est pas votre faute.

Pour lui prouver que je ne lui en veux pas, je prévois de lui donner à Noël des étrennes plus importantes que l'an dernier.

Je suis incapable d'affirmer qu'Apollon aime réellement les massages, peut-être les tolère-t-il tout juste. Pourtant je persiste, je le fais allonger d'un côté puis de l'autre, en faisant une pause pour lui frotter le torse entre les deux. C'est la partie qu'il semble préférer. Il n'aime pas qu'on lui touche les pattes, même si la sale gamine en moi continue d'essayer quand même.

Il a fini par s'habituer à sa nouvelle maison et à moi. À part quand je dois faire cours, je ne le laisse jamais seul. Quand nous sommes séparés, je n'arrête pas de penser à lui, et je suis impatiente de le retrouver. Il me salue sur le pas de la porte (est-il resté près de la porte toute la journée ?) mais avec au fond des yeux un regard de noyé qui me dit que cela n'a pas été facile d'attendre. (Quelle est l'étendue de sa mémoire ? Si elle est aussi bonne qu'on le prétend pour les chiens, le fait d'être enfermé tout seul doit le replonger dans un tel chagrin. Et – songé-je le cœur en miettes – est-ce toujours *toi* qu'il attend derrière la porte ?)

Sa queue va et vient, signe évident de plaisir, mais d'un plaisir mélancolique. Jamais de mouvement joyeux dont les grands danois sont coutumiers, cette queue qui remue en fouettant l'air (au point que les blessures à la queue et les dégâts ménagers sont fréquents : raison pour laquelle de nombreux maîtres optent pour la raccourcir.)

Le matelas gonflable a repris sa place dans le placard. Ce n'est pas la fin de l'histoire pour autant. Il n'a plus jamais grogné contre moi, et quand je dis *En bas*, j'ai rarement besoin de le répéter deux fois. (J'ai essayé de l'amener à considérer le matelas gonflable comme un lit de chien mais ça n'a pas marché.) Malgré ce que le vétérinaire a dit, je n'ai pas jugé absolument nécessaire de le bannir totalement du lit. Après tout, des tas de gens permettent à leur chien de dormir sur le lit. Certains disposent même une couverture spéciale au bout du lit pour que leur chien puisse dormir dessus. Si

Apollon était un de ces caniches nains roulés en boule sur une petite couverture au bout du lit, il n'y aurait là rien d'extraordinaire. Pourquoi ce serait différent sous prétexte que le chien fait la taille d'un homme et étire la tête sur son propre oreiller ? Je vois bien que c'est différent. Mais permettez-moi d'ajouter : quand vous êtes couché, la tête pleine de pensées nocturnes, telles que : pourquoi fallait-il que votre ami meure, combien de temps encore avant de perdre le toit au-dessus de votre tête, le fait d'avoir un énorme corps tout chaud blotti contre le vôtre est un réconfort incroyable.

Il connaît tous les ordres.

Un soir, après une longue et mauvaise journée – téléphone portable perdu, classe intenable, tentative d'écriture avortée –, Apollon remue, s'apprête à quitter le lit, et je m'entends lui demander : *Reste.*

Certains amis, ai-je remarqué récemment, m'évitent, je ne peux m'empêcher de penser que c'est en partie dû au fait qu'ils craignent de me voir un jour débarquer devant leur porte avec Apollon et une valise.

Mon ami le plus compatissant m'appelle pour prendre des nouvelles. Je lui raconte que j'essaie la musique et les massages pour soigner la dépression d'Apollon, il me demande si j'ai envisagé une thérapie. Je lui fais part de mon scepticisme vis-à-vis des psys animaliers, et il répond : Ce n'est pas ce que j'ai voulu dire.

Fin du semestre. J'annonce à ma famille que je ne vais pas pouvoir voyager pour passer les fêtes avec eux cette année. Durant tout le mois de pause avant la reprise des cours, je n'aurais presque pas à me séparer d'Apollon. Même par grand froid, nous sortons et nous nous promenons, encore et encore. Nous aimons le froid. Nous aimons la ville en hiver. Plus de place sur les trottoirs. Moins de curieux. Et quand il gèle, Apollon a tendance à moins s'arrêter pour une de ces pauses dont il a l'habitude.

Dernier avertissement du bureau de gestion de l'immeuble. L'idée d'essayer de parler au propriétaire me traverse l'esprit. Qui me dit que c'est un connard sans cœur et non la compassion faite homme ? Pourquoi ne pas croire au miracle de Noël ? Au moins, je pourrais le supplier de me laisser du temps.

J'appelle l'agent chargé du dossier et demande le numéro du propriétaire en Floride.

Nous ne communiquons pas de numéro, dit-il.

Douze auteurs – six hommes et six femmes – ont posé nus pour un calendrier photo. L'invitation que je reçois par email me presse de ne pas manquer cette offre exclusive : un exemplaire de l'édition limitée signée par chaque auteur est désormais disponible en prévente.

Une secousse qui me rappelle une discussion lors d'une table ronde où quelqu'un avait soulevé la question de la dignité et de son déclin dans le monde littéraire. Soyez bien attentifs, avais-tu prévenu, la prochaine étape ce sera des photos d'auteurs nus. Et tu étais resté assis, de marbre, tandis que tout le monde dans la salle éclatait de rire.

Nouvel An. Je le passe à la maison à regarder, ce qui est loin d'être une première, *La vie est belle* de Capra. Je n'ouvre pas la bouteille de champagne qu'une de mes étudiantes m'a envoyée pour me remercier de lui avoir rédigé une lettre de recommandation pour la trentaine de programmes de master auxquels elle a postulé cette année.

Mon ami le plus compatissant organise une intervention. La semaine suivante : je fais face à un déluge d'appels et de messages d'un tas de gens, dont certains à qui je n'avais pas parlé depuis des années.

Ils ne veulent pas me voir perdre mon toit. Ils souhaitent que je retrouve la raison avant qu'il ne soit trop tard. Il faut que je trouve un meilleur moyen de gérer mon deuil et ma culpabilité. Ce dont j'ai besoin, c'est d'une thérapie pour m'aider à faire mon deuil. Voici quelques numéros que je devrais appeler. Et pourquoi ne pas envisager de prendre des médicaments. Voilà ceux qui ont marché pour eux. Il y a des livres sur le sujet. Des sites Internet. Des groupes de parole. Mon salut ne viendra pas en me retirant dans un monde imaginaire, en m'isolant, en passant tout mon temps avec mon chien. Il existe un terme pour cela : le deuil pathologique. La pensée magique du deuil pathologique, qui est une sorte de démence. Et dont, d'après leur diagnostic collectif, je souffre.

Toutes sortes d'offres généreuses me parviennent, bien que personne ne se porte volontaire pour prendre le chien.

Puis l'Épouse Numéro Deux, la dernière personne à laquelle je me serais attendue, se propose : j'ai un petit-fils qui adore les chiens. Il sera ravi d'en avoir un assez grand pour monter sur son dos.

Ç'aurait été la solution parfaite, dit l'Épouse Numéro Un.

Je proteste que tu ne me l'aurais jamais pardonné. Et n'était-ce pas un peu suspect même, venant de la part de l'Épouse Numéro Deux.

« Que veux-tu dire ? Je pensais qu'elle essayait juste d'aider.

— De l'aide ? De la part de cette femme qui m'a toujours détestée, presque autant qu'elle t'a toujours détestée. Jamais je ne lui ferais confiance. Souviens-toi de ce qu'était ce mariage : de la rage, de l'amertume et du ressentiment, rien d'autre. Jamais je ne lui confierais Apollon, ni de près ni de loin. »

Les femmes sont des êtres redoutables, elles s'arrêtent à des détails et rien ne les fait lâcher prise.

L'Épouse Numéro Un pense que je suis paranoïaque. Mais la vérité, c'est que ce ne serait pas une première : quelqu'un qui se venge d'une personne sur l'enfant ou l'animal sans défense de cette personne.

Jamais tu ne me le pardonnerais.

« Alors qu'est-ce que tu vas faire ? Tu ne peux pas rester là, assise à attendre un miracle. »

Pourtant c'est précisément ce que j'attends.

Huitième partie

Un conseil souvent donné aux écrivains : lisez vos brouillons à voix haute. Conseil que je suis souvent trop paresseuse pour suivre. Mais ces jours-ci, je serais prête à tout essayer pour avoir une raison de rester à mon bureau. Je ramasse les pages que je viens d'imprimer et commence à lire. Derrière moi, j'entends Apollon, qui dormait contre le canapé, se redresser sur ses pattes. Il trottine jusqu'à mon bureau (quand je suis assise, ses yeux sont à peu près à la hauteur des miens), et me dévisage comme si je faisais quelque chose d'extraordinaire. Ou alors, bien que nous ayons déjà fait une longue promenade aujourd'hui, peut-être veut-il sortir.

Quand j'arrive en bas de la page, je m'interromps, réfléchis. Apollon me donne un petit coup de museau. Il aboie, très doucement, une seule fois. Il fait un pas en avant, un pas sur la droite, un pas en arrière, en secouant la tête d'un côté puis de l'autre, tout du long – sa façon à lui de dire : C'est quoi ce bordel ?

Il veut que je continue à lire ! Vrai ou non, c'est ce que je fais. Mais très vite, je m'arrête.

Lisez vos phrases à voix haute, dit le conseil, et vous entendrez ce qui ne va pas, ce qui ne marche pas.

J'entends, j'entends. Ce qui ne sonne pas bien, ce qui ne marche pas. *J'entends*.

Rien de très différent de ce que j'entends quand je lis dans ma tête.

Je croise les bras sur le bureau et cache ma tête derrière.

Un petit coup de museau. *Wouf*. Je tourne la tête. Le regard d'Apollon est profond, ses oreilles mal assorties semblent aiguisées comme des rasoirs. Il me lèche le visage et reprend son pas de cha-cha. Il remue la queue, et pour la millième fois je songe combien ce doit être frustrant pour un chien : la difficulté perpétuelle à se faire comprendre des humains.

Je passe de la chaise au canapé, sous l'œil d'Apollon, le front plissé. Une fois que je suis installée, il s'approche et s'assied en face de moi. Les yeux dans les yeux. Que pensent les chiens quand ils voient quelqu'un pleurer ? Dressés à réconforter, ils réconfortent. Mais le malheur humain doit leur sembler si déconcertant. Nous qui sommes pourtant libres de remplir nos assiettes avec autant de nourriture que nous le voulons, nous qui pouvons sortir chaque fois que cela nous chante, et courir en toute liberté – nous qui n'avons pas de maître à contenter, pas d'ordres à exécuter – c'est quoi ce bordel ?

Je me penche sur la pile de livres de la table basse et ramasse *Lettres à un jeune poète* de Rilke, un livre au programme d'un de mes cours. Je l'ouvre et commence à lire à haute voix. Au bout de quelques pages, Apollon affiche ce sourire béat qu'on voit tout le temps sur la tête des autres chiens et qui est chez lui d'une rareté inquiétante. Tandis que je poursuis ma lecture, il se couche à moitié sur le sol et sur mes pieds, appuyé contre mes tibias. Il relâche la tête sur ses pattes, relève les yeux vers moi chaque fois que je tourne une page. La position de ses oreilles varie en fonction de mes inflexions vocales. Il me rappelle mon lapin domestique penché sur les enceintes stéréo. Mais Apollon n'a jamais semblé apprécier la musique que je lui mettais, n'a jamais semblé apaisé – ni par la musique, ni par les massages – comme il semble l'être à présent.

Je continue donc de lire – distinctement et en mettant le ton, comme si je lisais pour quelqu'un capable de comprendre chaque mot. Et je me sens apaisée moi aussi : la prose lyrique dans ma bouche, ce poids chaud délicatement posé contre mes jambes et mes pieds.

Je connais bien ce petit livre : dix lettres adressées à un étudiant qui demandait conseil à Rilke, alors que Rilke lui-même n'avait que vingt-sept ans. La lettre huit contient sa célèbre vision du mythe de *La Belle et la Bête* : *Peut-être tous les dragons de notre vie sont-ils des princesses qui n'attendent que de nous voir beaux et courageux. Peut-être tous les effrois ne sont-ils au fond du fond qu'une impuissance qui demande notre aide.* Des mots souvent cités, ou paraphrasés, y compris récemment dans une épigraphe au film *White God* : Toutes les terreurs ne sont qu'une demande d'amour.

Méfiez-vous de l'ironie, ignorez la critique, allez au plus simple, étudiez les choses les plus petites et humbles au monde, confrontez-vous aux difficultés précisément parce qu'elles sont difficiles, ne cherchez pas les réponses mais cultivez l'amour des questions, ne fuyez pas la tristesse ou la dépression, car elles pourraient bien être les conditions nécessaires à votre travail. Recherchez la solitude, par-dessus tout, recherchez la solitude.

J'ai lu les conseils de Rilke si souvent que je les connais par cœur.

Quand j'ai découvert ces lettres la première fois – j'avais environ le même âge que Rilke quand il les a écrites –, j'ai eu l'impression qu'elles avaient été écrites pour moi autant que pour leur destinataire, que tous ces merveilleux conseils étaient destinés à quiconque ambitionnait de devenir écrivain.

Pourtant, aujourd'hui, bien que l'écriture me semble plus belle que jamais, saisissante, je suis incapable de les lire sans éprouver une sorte de malaise. Je suis incapable de ne pas penser à mes propres étudiants, auxquels elles ne procurent absolument pas la même impression qu'au Jeune Poète dans cette première décennie du siècle passé. Pas plus qu'elles ne leur procurent l'impression que nous avions eue quand tu avais mis ce livre au programme du cours que tu donnais, trois quarts de siècle plus tard, en plus du roman autobiographique de Rilke, *Les Carnets de Malte Laurids Brigge*. Car ils n'ont pas l'impression que Rilke s'adresse à eux. Au contraire : ils l'accusent de les exclure. Ils prétendent que c'est un mensonge, que l'écriture n'est pas cette religion qui requiert une dévotion monacale. Ils disent que c'est ridicule.

Lorsque je leur ai raconté le mythe de la mort de Rilke, comment on a fini par colporter l'idée que la maladie mortelle qu'il avait contractée s'était déclenchée après qu'il se fut piqué la main sur l'épine d'une rose – cette fleur qui l'obsédait et qui fut un symbole si fort dans son œuvre –, il y a eu quelques grognements et même un fou rire.

Il fut un temps, les jeunes écrivains – du moins ceux que nous connaissions – croyaient que le monde de Rilke était éternel. Je suis d'accord avec mes étudiants sur un point, ce monde a disparu. Mais à leur âge, jamais il ne me serait venu à l'esprit qu'il *pouvait* disparaître, encore moins que je le verrais disparaître.

Rien n'est plus anxiogène que cette déclaration de Rilke selon laquelle quelqu'un qui sentirait qu'il pourrait vivre sans écrire n'en aurait tout simplement pas le droit. *Dois*-je écrire ? telle est la question qu'il ordonne à son étudiant de se poser *à l'heure la plus silencieuse de votre nuit*. Si on vous interdisait d'écrire, en mourriez-vous ? (Des mots qui touchèrent Lady Gaga en plein cœur, ou du moins en plein biceps, car c'est là qu'elle les a, tatoués, en allemand, leur langue originale.)

Nous devons nous aimer les uns les autres ou mourir, tel est le dernier vers d'une strophe écrite par un autre poète, dans un poème qui devait devenir l'un des plus célèbres au monde. Mais l'auteur de « 1er septembre 1939 » finit par mépriser son propre poème, si agacé par l'évidente hypocrisie de ce vers en particulier, qu'avant de donner son autorisation pour qu'on le réimprime dans une anthologie, il insista pour lui apporter une modification : Nous devons nous aimer les uns les autres *et* mourir. Et cependant plus tard, éprouvant des remords, en dépit de cette modification, il renonça au poème entier – irrémédiablement vicié à ses yeux – purement et simplement.

Je pense à cette anecdote sur Auden.

Je pense à cette époque où toi et moi croyions que l'écriture était la meilleure chose que nous puissions espérer faire de nos vies. (*Le plus beau métier du monde.* Natalia Ginzburg.)

Je pense aux raisons qui t'avaient poussé à dire à tes étudiants que s'il y avait quoi que ce soit d'autre qu'ils pensaient pouvoir faire de leurs vies plutôt qu'écrivains, n'importe quel autre métier, alors c'était cela qu'ils devraient faire.

À peu près à la même époque, l'année dernière : je faisais du tri dans mes placards. Je descendis des boîtes de photos, coupures de presse et vieux papiers d'une étagère en hauteur, à l'intérieur il y avait tes lettres d'autrefois. J'avais oublié qu'il y en avait autant, de cette époque où les emails n'existaient pas.

Manifestement j'étais souvent en demande de conseils.

Tu te demandes sur quoi écrire. Tu crains que quoi que tu écrives, ce soit insignifiant, ou juste une autre version de quelque chose que quelqu'un d'autre aurait déjà dit. Mais souviens-toi, il y a en toi un livre au moins que personne d'autre ne peut écrire. Mon conseil est de creuser au plus profond pour le trouver.

Lui aussi laissait derrière lui la trace fumante de pleurs de femmes. Néanmoins, entre les deux catégories de séducteurs, il appartenait définitivement à celle qui aime les femmes. Il n'y avait qu'aux femmes, disait Rilke, qu'il était capable de parler. Que les femmes qu'il pouvait comprendre et côtoyer (tant qu'il n'était pas obligé de les côtoyer trop longtemps). Et peu d'hommes ont trouvé autant de femmes prêtes à les aimer, les protéger et leur pardonner.

Une fois encore, je retombe sur sa célèbre définition de l'amour : *deux solitudes se protégeant, se complétant, se limitant et s'inclinant l'une devant l'autre.*

Quel est le sens d'une telle définition ? s'interroge un étudiant dans sa dernière copie de l'année. Ce ne sont que des *mots*. Cela n'a rien à voir avec *la vraie vie*, où l'amour *se produit bel et bien*.

Ce ton exaspéré, hostile, si banal dans les copies des étudiants.

Dans la vraie vie, il avait été incapable d'être un mari pour sa femme, qu'il avait quittée au bout d'un an de mariage. Incapable d'être un père pour sa fille. Rilke, qui trouvait tant de richesse et de sens à l'expérience de l'enfance, qui avait écrit de si belles choses sur les enfants, avait négligé sa fille unique. Ce qui n'empêcha pas celle-ci de vouer sa vie à l'œuvre et à la mémoire de son père. Avant de se donner la mort à l'âge de soixante et onze ans.

Rilke, qui aimait les chiens, les observait intensément et partageait avec eux un sentiment de communion infinie. Ainsi décela-t-il un jour dans le regard implorant d'une chienne errante, affreuse et accablée d'un ventre gros, croisée devant un café en Espagne, *tout ce qui pénètre au-delà de l'âme solitaire et creuse Dieu sait où – vers le futur ou bien au-delà de notre compréhension*. Il lui donna le morceau de sucre de son café, geste qui revenait, écrivit-il plus tard, à lire la messe ensemble.

Rilke, dans l'œuvre duquel Apollon est une figure récurrente.

Le livre est court, il faut environ deux heures pour le lire à voix haute. Mais bientôt, Apollon n'est plus avec moi, tel un enfant au chevet duquel sa mère lit un livre, guettant précisément ce moment pour se retirer sur la pointe des pieds. Je ne m'en vais pas sur la pointe des pieds. Cloués sous son poids, mes pieds ne répondent plus. Je les remue, cela le réveille. Sans même se lever, il se rapproche de ma main qui tient encore le livre, et la lèche.

Puis nous nous levons tous les deux et nous dirigeons vers la cuisine. Je verse quelques croquettes dans sa gamelle – c'est l'heure – et pendant qu'il mange, je me prépare pour l'emmener se promener.

J'ai sans doute dédaigné l'incident, le jugeant tout droit sorti de mon imagination anthropomorphique, pourtant voici ce qui se produit le lendemain : je suis assise sur le canapé, l'ordinateur portable sur les genoux, quand Apollon s'approche et se met à renifler les livres sur la table basse. Ses bajoues géantes s'ouvrent et se referment sur la nouvelle édition de poche du livre de Knausgaard que j'ai achetée pour remplacer celui qui avait été détruit. Oh, non, pas *encore* ! Mais avant que je puisse le lui reprendre, il dépose délicatement le livre à côté de moi.

J'ai entendu parler des chiens thérapeutiques, bien sûr. Des chiens dressés pour le travail en milieu hospitalier, en maisons de retraite, en zones de catastrophe naturelle et autres, leur mission de réconfort et d'encouragement, ce qu'ils apportent de légèreté dans les épreuves diverses que subissent les êtres humains. Pour améliorer leurs compétences orales et linguistiques, les enfants à l'école et dans les bibliothèques sont incités à lire à voix haute pour leurs chiens. Avec d'excellents résultats à la clé, les enfants faisant la lecture à des chiens s'avèrent progresser bien plus vite que ceux qui lisent à d'autres humains. Parmi ce public, la plupart des auditeurs paraissent apprécier, montrent des signes d'intérêt et de curiosité. Mais mes recherches ne mènent pas à une analyse des bénéfices complets de la lecture pour les chiens.

Je me dis que quelqu'un d'autre devait faire la lecture à Apollon avant moi. Non que je l'imagine en animal dressé pour la thérapie. (Est-ce qu'un animal de cette valeur se retrouverait à la rue ?) Mais je pense que quelqu'un a dû lire à voix haute pour lui – peut-être pas *pour* lui, mais au moins en sa présence – et que le souvenir qu'il garde de cette expérience est un souvenir heureux. Peut-être cela signifie-t-il juste que la personne qui lui faisait la lecture était une personne qu'il aimait. (Est-ce que c'était toi ? Pas à ma connaissance, répond l'Épouse Numéro Trois. Jamais en sa présence, en tout cas.) Ou peut-être, sans être un chien thérapeutique, Apollon a-t-il cependant aidé quelqu'un en écoutant cette personne lire, responsabilité qu'il prenait très au sérieux et pour laquelle il a été loué et récompensé. C'est dans la nature de nombreux chiens de s'acquitter d'un ouvrage, disent les manuels de dressage (*une fois qu'on leur a assigné une tâche, les chiens montrant des signes d'ennui ou de dépression ont tendance à se ressaisir*), mais on ne leur donne presque jamais assez – quand on leur donne quelque chose – à faire.

Ou alors Apollon est-il un génie canin qui a compris ce qui était à l'œuvre entre les livres et moi. Peut-être a-t-il compris que dans les mauvais moments, me perdre dans un livre est la meilleure chose que je puisse faire. Peut-être est-ce une chose que son incroyable flair lui indique. Si, ainsi que le démontrent des études, le flair d'un chien est capable de détecter le cancer, ce ne serait pas étonnant qu'il soit aussi capable de détecter les changements causés par la diminution du stress, ou par l'expérience de la stimulation intellectuelle ou du plaisir. Si certains chiens sont capables de prévenir les attaques, ainsi que cela s'est déjà produit, serait-il vraiment étrange qu'ils prédisent aussi un accès imminent de déprime ?

En fait, plus je vis avec Apollon, plus je suis convaincue que Véto Grincheux avait raison : nous les humains nous ne comprenons pas la moitié du fonctionnement du cerveau des chiens. Ils pourraient bien, à leur manière muette et indéchiffrable, nous connaître mieux que nous ne les connaissons. Dans tous les cas, l'image est irrésistible : une avalanche de désespoir, et, tel le saint-bernard émergeant de la neige avec un tonneau miniature de brandy, Apollon me tend un livre.

Même si chacun sait que les saint-bernard n'ont jamais vraiment fait une chose pareille.

Il fut un temps où j'aurais su, de manière certaine, si le fait de lire les *Lettres à un jeune poète* de Rilke à un chien était ou non un signe de déséquilibre mental.

Je décide de faire de la lecture à haute voix un élément de notre routine. Sachant bien de quoi cela aurait l'air, cependant, je n'en parle à personne. Mais après tout, l'essentiel de ce qui se trouve dans ces pages, je n'en ai jamais parlé à personne.

C'est curieux comme l'acte d'écriture pousse à la confession.

Bien que cela pousse aussi à poser la tête sur l'oreiller.

Comme Rilke, Flannery O'Connor adressa une série de lettres à une inconnue qui lui avait un jour écrit sur un coup de tête. Dans le recueil des lettres de O'Connor publié après sa mort, cette correspondante-là, qui avait demandé à rester anonyme, s'appelle A. Elle a trente-deux ans, deux de plus que O'Connor, que cela n'empêche pas d'endosser volontiers le rôle de mentor. Les lettres à A., écrites sur une période de neuf ans, sont remplies de réflexions sur la littérature et la religion, ce que cela signifie d'être écrivain et d'avoir foi en l'Église catholique. Elle parle librement de ses ouvrages de fiction, et lorsque A. lui envoie certains de ses travaux de fiction, sa réaction est encourageante. A. est douée pour écrire des nouvelles, déclare O'Connor, jugeant l'une de ses nouvelles en particulier « tout simplement parfaite ». Quand A. semble souffrir de l'angoisse de la page blanche, O'Connor accuse immédiatement le diable. Pour O'Connor, la catholique sérieuse, le diable n'est pas une métaphore.

Même si avec le temps les deux femmes finissent par se rencontrer, elles ne le feront pas si souvent. Simultanément, sur le papier, leur amitié s'épanouit au point que O'Connor appelle A. sa « famille d'adoption ». Enchantée que A. décide de rejoindre l'Église, elle accepte même d'être sa marraine de confirmation.

Mais à la fin, le diable l'emporte. A. perd la foi. Elle quitte l'Église. Elle achève plusieurs travaux, dans plusieurs genres, mais ne publie rien. À soixante-quinze ans, trente-quatre ans après la mort à trente-neuf ans de O'Connor d'un lupus, Hazel Elizabeth Hester, plus connue sous le nom de Betty, se tire une balle dans la tête.

Si O'Connor avait été mon mentor, si elle m'avait écrit, peut-être lui aurais-je demandé : Que voulait dire exactement Simone Weil quand elle disait : Quand vous devez prendre une décision dans la vie, sur ce que vous devez faire, faites ce qui vous coûte le plus.

Faites ce qui est difficile, parce que c'est difficile. Faites ce qui vous coûtera le plus. Qui *étaient* ces gens ?

Si l'écriture *n'était pas* douloureuse, dit O'Connor, ce serait une activité inutile.

Il faut alors se tourner vers Virginia Woolf, qui disait que mettre ses sentiments en mots *éloignait la douleur*. Peaufiner une scène, assembler les traits d'un personnage : il n'y avait pas de plus grand plaisir, disait-elle.

*

Première réunion universitaire du semestre. Sujet : les étudiants devraient-ils être autorisés à lire les livres au programme sur leurs téléphones portables ? Une solide majorité s'accorde : les autres appareils électroniques, d'accord, mais pour l'amour du ciel, pas les téléphones portables. Mais quelle est la logique de cette décision ?

demande MEF, si notre seul argument est la taille de l'écran. Est-ce réellement très différent que si nous leur disions qu'ils n'ont pas le droit de lire des livres dans leurs éditions de poche ? Non, ce n'est pas la même chose, dit la majorité d'une seule voix. Même si quinze minutes plus tard, personne n'a réussi à en énoncer les raisons exactes.

Durant les heures de bureau. L'étudiant A est contrarié que le programme inclue autant de sessions de lectures obligatoires : je n'ai pas envie de lire ce que les autres écrivent, je veux que les autres lisent ce que j'écris. L'étudiant B s'inquiète : de nombreux livres dans la liste de lectures imposées sont des livres qui n'ont pas marché, qui sont épuisés, ne devrions-nous pas étudier des écrivains à succès ?

Cela se produit assez souvent : j'apprends qu'une ancienne étudiante a eu un bébé. Le livre sur lequel elle travaillait devra patienter. Peut-être y reviendra-t-elle quand l'enfant aura un peu grandi, dit-elle. Puis, quand l'enfant est un peu plus grand – le plus souvent vers deux ans –, elle fait un autre bébé.

C'est de plus en plus fréquent. On annonce sans cesse de nouvelles opportunités d'étudier l'écriture en même temps qu'on exerce une autre activité. Écrire et déguster des plats gastronomiques, écrire et pratiquer l'œnologie, écrire et randonner en montagne, écrire et naviguer à bord d'un bateau de croisière, écrire et perdre du poids, écrire et vaincre son addiction, écrire et apprendre à tricoter, cuisiner, faire de la pâtisserie, apprendre à parler français ou italien, etc. Aujourd'hui c'est un prospectus pour un festival littéraire : *Qui a dit que l'écriture et la relaxation ne pouvaient pas se mélanger ? Offrez-vous l'escapade parfaite : un atelier d'écriture dans un spa.* (Manucure-Pédicure-Écriture, plaisante MEF.)

Chez le libraire. Le dernier roman d'un de mes amis, publié l'année dernière, est maintenant sorti en poche. Je me rends compte, navrée, que non seulement je ne l'ai pas encore lu, mais que j'en avais oublié jusqu'à l'existence.

Chez l'ophtalmologiste. Une femme d'une cinquantaine d'années aux cheveux teints en noir, de la nuance exacte de sa veste en cuir, entre dans la salle d'attente. Elle me paraît familière, je manque même de m'exclamer Aha ! quand je remarque le logo de la *New York Review of Books* sur son sac en tissu. Elle s'assied et en sort un numéro de… la *London Review of Books*.

Une blague académique circule : Professeur A : Est-ce que vous avez lu ce livre ? Professeur B : Lu ? Je n'ai même pas encore fait mon cours dessus.

Au club de l'université. Je bois du gin et plaisante avec un collègue en spéculant : s'il y avait une tuerie, pour lequel de nos étudiants serions-nous prêts ou non à prendre une balle ?

Parfois sur une bannière publicitaire, d'autres fois dans une fenêtre apparaissant, ou attendant, telle une surprise, d'être révélée tandis que je fais défiler l'écran : James Patterson. James Patterson, l'écrivain le plus lu au monde, numéro un, plus de vingt semaines consécutives, sur la liste des meilleures ventes du *New York Times*. Et qui, de toute évidence, aussi immensément modeste que glorieux, est convaincu qu'un tel succès est à la portée de n'importe qui. Ou du moins n'importe qui en possession des quatre-vingt-dix dollars nécessaires à l'achat des vingt-deux leçons et exercices qu'il propose. Satisfait ou remboursé dans les trente jours. *Arrêtez de lire et commencez à écrire.* James Patterson, l'un des auteurs les plus riches au monde, pèse 700 millions de dollars (probablement plus aujourd'hui). *Concentrez-vous sur l'histoire, pas sur la phrase.* Son image : celle d'un aîné bienveillant et détendu. Un type normal, à lunettes, dans un pull bleu foncé. *Triomphez de la page blanche !* Il apparaît parfois écrivant sur un carnet à spirales (jamais un ordinateur). *Qu'est-ce que vous attendez ? Vous aussi pouvez écrire un best-seller.* James Patterson. Surgissant sans cesse, pressant, convaincant, promettant monts et merveilles. Tel le diable en personne.

Tu plaisantes ? me dit une amie qui élève des chèvres dans une ferme au nord de l'État et fabrique de véritables bêtes à concours. La page blanche est la meilleure chose qui me soit jamais arrivée.

L'anniversaire de ta mort. J'ai envie de marquer le coup, mais je ne sais pas bien comment. Ce n'est pas la première fois que je vais sur Internet pour regarder une vidéo de toi, donnant une lecture. Je n'ai jamais vu

Apollon réagir face à un écran, y compris la télévision (ses yeux semblent ne pas se fixer sur les écrans, même quand l'image d'un autre chien y apparaît). Si je le laissais écouter, je crois qu'il reconnaîtrait ta voix. Ce qui m'arrête au moment de le vérifier, c'est la cruauté que j'y vois. Il est peut-être mon chien aujourd'hui (*mon chien !*), mais je ne crois pas qu'il t'ait oublié. Quel effet pourrait produire ta voix sur lui ? Comment pourrait-il comprendre ? Et s'il pensait que tu étais pris au piège, coincé derrière l'écran ?

Je me rappelle une anecdote sur les enfants de Judy Garland regardant *Le Magicien d'Oz* pour la première fois. Justement, à ce moment-là, elle était en voyage à l'étranger, la nounou les installa devant la télévision qui diffusait le film. Leur mère avait beau être beaucoup plus âgée qu'à l'époque où elle jouait Dorothy (seize ans), les enfants la reconnurent. Ainsi, c'était là qu'elle se cachait ! Capturée par les singes volants, qui l'emportaient jusqu'à la méchante sorcière ! Pris dans un marasme d'émotions, insupportable rien que d'y penser, les enfants éclatèrent en sanglots.

À la poste. Une jeune femme accompagnée d'un petit chien tacheté entre et se met dans la file d'attente. Un employé se penche par-dessus son comptoir et l'interpelle : Les chiens sont interdits, mademoiselle. C'est un chien d'assistance, répond la jeune femme. Ça, un chien d'assistance ? dit l'employé. Oui, tranche la femme avec une telle férocité que l'employé répond prudemment : Je demandais, c'est tout, mademoiselle. Il n'a pas de badge ou d'écriteau. Le client devant la femme se tourne, la regarde, regarde le petit chien et se retourne en secouant la tête. Comment osez-vous ? Ce chien est mon compagnon de soutien émotionnel. *Comment osez-vous remettre en question son droit d'être ici ?*

Ce qui rend cette étrange scène plus étrange encore est que le chien n'a qu'une patte arrière.

Regarder Apollon dormir. Ses flancs qui se soulèvent et retombent paisiblement. Son ventre plein, son corps au chaud et au sec, après une promenade de six kilomètres. Comme d'habitude, lorsqu'il s'avance sur la rue pour faire ses besoins, je le protège des voitures qui passent. Plus tard au parc, lorsqu'un joggeur rédigeant ses textos en courant nous fonce dessus, Apollon aboie et barre sa route avant qu'il ne me rentre dedans. J'ai joué plusieurs fois au tir à la corde avec lui aujourd'hui, je lui ai parlé, chanté des chansons, lu des poèmes. J'ai limé ses griffes et brossé chaque centimètre de son pelage. À présent, à le regarder dormir, j'éprouve un sentiment de satisfaction. Suivi d'un autre sentiment, plus profond, singulier et mystérieux, et cependant parfaitement familier. J'ignore pourquoi j'ai besoin d'une minute entière pour réussir à le nommer.

Que sommes-nous, Apollon et moi, si ce n'est deux solitudes se protégeant, se complétant, se limitant et s'inclinant l'une devant l'autre ?

Ainsi les choses sont-elles claires, enfin. Miracle ou non, quoi qu'il arrive, rien ne nous séparera.

Neuvième partie

Tous les gens que je connais écrivent un livre, m'informe, sans raison, le thérapeute. Je rencontre des tas d'écrivains et je peux vous dire que le syndrome de la page blanche est une chose assez banale.

Je ne suis pas là pour parler du syndrome de la page blanche. Si je n'étais pas si pressée de partir, je prendrais le temps de lui expliquer. Le plus souvent, quand un écrivain se rend compte que quelqu'un d'autre vient de publier un livre important, très largement diffusé, sur le sujet qui l'occupe justement, cela le plonge en plein désarroi. Moi, j'étais soulagée. (Eh bien, d'accord, avait dit l'éditeur, semblant soulagé lui aussi : je crois que t'es tirée d'affaire.)

Pour changer de sujet, le thérapeute me demande ce que j'ai fait pour les vacances. Quand je lui raconte, il dit gentiment (il dit tout gentiment) : Il semble que c'est une des manières dont le deuil vous affecte : le fait de ne plus vouloir voir d'autres gens.

De détester être avec d'autres gens, en réalité, mais je ne le corrige pas. D'être terrifiée à l'idée d'être avec d'autres gens.

En vérité, même si je n'avais pas eu peur de laisser Apollon, j'aurais préféré rester seule.

Des chiens errants, ainsi un auteur que j'ai lu récemment appelle-t-il ceux qui, pour une raison ou pour une autre, et malgré tout ce qu'ils ont pu espérer plus tôt dans leur vie, n'ont jamais réellement investi leur existence, pas de la façon dont la plupart des gens le font en tout cas. Ils ont bien des relations sérieuses, des amis, peut-être un cercle assez large d'ailleurs, parfois même ils passent une grande partie de leur temps en compagnie des autres. Mais ils ne se sont jamais mariés et n'ont jamais eu d'enfants. Pour les vacances, ils rejoignent de la famille, ou un autre groupe. Cela perdure des années et des années, jusqu'à ce qu'ils finissent par admettre qu'en fait ils préfèrent encore rester chez eux.

Mais vous devez voir des tas de gens comme ça, dis-je au thérapeute.

En réalité, répond-il, non.

Un moment, à présent, pour récupérer un souvenir du passé. Pendant deux ans, à l'époque où j'étais à l'université, je gagnais mon argent de poche en travaillant pour une thérapeute de couple. La tâche consistait essentiellement à retranscrire les séances à la machine. Cela n'avait aucun but thérapeutique pour les patients, ce n'était destiné qu'à la thérapeute, qui comptait écrire un livre. La plupart des couples avaient une quarantaine d'années, ils étaient tous mariés. (La thérapeute préférait ne pas utiliser le terme de *conseiller conjugal*, qui, d'après elle, sentait le renfermé.)

L'audition des cassettes était souvent déprimante. Je me souviens m'être demandé comment elle supportait son travail, en particulier après avoir appris que, dans un grand nombre de cas, les couples s'avéraient incapables, malgré la thérapie, de réconcilier leurs différences et finissaient par divorcer. Mais parfois c'était tout l'enjeu justement, disait-elle : aider deux personnes à se séparer.

Elle-même avait un charme fou, elle était grande et mince, avec un style extravagant (des bottes à talons, des robes pulls ceinturées), à quarante ans, elle avait déjà deux divorces à son actif. Autant que je sache, ses patients n'étaient pas au courant de sa vie personnelle, mais je me suis toujours demandé si son histoire maritale n'en aurait pas arrêté certains. Et je me souviens avoir pensé que, quoi que Tolstoï ait à dire sur les familles malheureuses, les couples malheureux se ressemblaient tous, eux.

La plupart des maris avaient été pris sur le fait ou étaient soupçonnés d'adultère. (Plus d'une fois, un homme finissait par avouer ses infidélités durant une séance, et durant une séance, également, un homme avoua à sa femme qu'il était amoureux… d'un autre homme.)

En général, les femmes se plaignaient de ne plus se sentir désirées, de se sentir dévalorisées et – apparemment c'était le pire – de ne pas être écoutées.

Les hommes voyaient leurs femmes comme des versions de la Femme du Pêcheur dans le conte de Grimm : réclamant toujours, jamais contente.

J'étais frappée, encore et encore, par la preuve sans cesse démontrée que, pour un mari et une femme, un même mot ne recouvrait pas toujours la même réalité. Les mêmes mots revenaient tout le temps, je les tapais indéfiniment : *amour, sexe, mariage, écoute, besoin, aide, soutien, confiance, égal, juste, respect, attention, partage, désir, argent, travail.* Je tapais les mots et j'écoutais les couples, et je comprenais qu'un même mot n'avait pas le même sens pour elle et lui. J'entendis plusieurs hommes réfuter l'emploi du mot *adultère* pour décrire le fait de coucher avec une autre femme que la leur. L'adultère commence quand cela devient une habitude, insistait l'un d'entre eux. Il ne m'aide pas, dit une épouse. Et lorsque son mari déroula une liste de courses qu'il avait faites pour elle pas plus tard que la semaine précédente : J'ai dit de *l'aide* ! hurla-t-elle. De *l'aide* !

Une autre chose que je retins de toutes ces séances écoutées : la voix de la thérapeute changeait légèrement selon qu'elle s'adressait à l'un ou à l'autre. Toujours subtil, mais toujours présent, un ton au-dessus ou au-dessous, quelque chose dans ce genre, difficile à décrire. Peut-être que c'était dans ma tête. Mais si je devais décider, je dirais qu'elle était plus souvent du côté des hommes.

J'aurais dû deviner que le thérapeute voudrait que je reste l'heure entière. Quand je lui dis que j'ai laissé Apollon attaché à l'extérieur, il suggère : La prochaine fois, vous n'avez qu'à le faire entrer.

La prochaine fois ?

C'était ce qui était convenu. Il me donnerait ce que je voulais, et moi, en échange, je reviendrais.

Pour au moins deux autres séances, dit-il.

Assise dans son bureau avec Apollon à mes côtés, je ne peux pas m'empêcher de sourire. On dirait qu'on est en thérapie de couple.

Sauf qu'entre nous, tout va très bien.

Une fois, une passante dans la rue m'a lancé cette réflexion : Je dis toujours : Mieux vaut un chien pour mari qu'un mari qui est un chien.

Toujours ?

Quand j'avais la vingtaine, en promenant Beau, il m'arrivait d'encaisser des commentaires obscènes des hommes. C'est ton mec ? Tu couches avec ? Tu te tapes le chien, m'dame ? Je suis sûr que tu le laisses te lécher la chatte.

Je trouve cela perturbant quand une autre femme dans la rue me dit qu'Apollon est sexy et qu'elle est jalouse. Vous en avez de la chance, dit-elle.

Quand le certificat arrive, je le passe sous le nez d'Apollon avant de le coller sous un magnet sur la porte du réfrigérateur.

Tu te rends compte, dit l'Épouse Numéro Un, que tu te mets en infraction. Même si c'est pour la bonne cause.

Je suis consciente de la colère légitime de ceux qui ont véritablement besoin d'une assistance animale face au nombre croissant de gens faisant passer des animaux ordinaires – et parfois exotiques – pour des animaux thérapeutiques. J'ai entendu parler d'une moufette dans une résidence universitaire, d'un iguane dans un restaurant, d'un cochon dans un avion. Je promets que jamais je n'emmènerai Apollon dans un endroit où il ne serait normalement pas autorisé. Après avoir fait une copie du certificat pour l'envoyer à l'agent de gestion de l'immeuble, je le laisserai, ainsi que le badge du Registre national des animaux d'assistance, à la maison.

Quant au thérapeute, il n'a eu aucun problème à attester par écrit que je souffrais de dépression et d'anxiété aggravée par le deuil, que le soutien émotionnel procuré par le chien m'était essentiel, et que m'en priver serait susceptible de causer des dommages sur ma santé mentale, voire menacerait ma survie.

L'Épouse Numéro Un trouve ça drôle : car la vérité, c'est qu'en l'espèce c'est l'animal qui n'arrive pas à gérer, et c'est toi son humain d'assistance émotionnelle.

Du coup je suis obligée de parler. Au moins pour expliquer pourquoi je n'ai pas envie de parler. C'est toujours vrai : je n'ai pas envie de parler de toi, ou d'entendre les autres parler de toi.

J'ai envie de citer Wittgenstein sur l'indicible et la nécessité du silence. Même si citer des philosophes sans les contextualiser était une chose que tu nous avais instamment demandé de ne pas faire. Les affirmations philosophiques ne sont pas des *vieux dictons*, disais-tu.

Un moment ici pour s'interroger sur Wittgenstein, dont trois des quatre frères s'étaient suicidés, et qui y songeait lui-même régulièrement. Dont, comme Kafka, on raconte qu'il accueillit l'annonce de sa maladie mortelle avec soulagement, mais dont les derniers mots quand vint réellement son heure font écho à ceux de George Bailey : Dites-leur que j'ai eu une vie merveilleuse !

Est-ce que je parle à Apollon, me demande le psy. Eh bien, oui. Pour renforcer le lien, il est recommandé aux maîtres de parler à leurs chiens. Ce qui se fait de manière assez naturelle (quoique je pense que les gens le font de moins en moins, à cause de tous ces appareils qui dévorent notre attention).

J'ai une fois surpris une inconnue en grande conversation avec son carlin : Et je suppose qu'une fois de plus tout est *ma* faute, n'est-ce pas ? Sur quoi, je le jure, le chien a levé les yeux au ciel.

Oui, je parle à Apollon. Mais je ne lui parle pas de toi. C'est tout l'intérêt : à lui, je n'ai pas besoin d'en parler. (*Comme chacun sait, les chiens portent le deuil mieux que personne au monde.* Joy Williams.)

Par ailleurs, le fait que d'autres gens aient perdu un proche par suicide ne signifie pas que ce que je ressens puisse être partagé. Une fois, j'ai écouté de bout en bout une émission de radio qui traitait du deuil des suicidés. Les auditeurs étaient invités à appeler pour témoigner et commenter. Ils jetèrent au pot tous les poncifs habituels : coupable, malveillant, lâche, revanchard, irresponsable. Malade. Personne ne mettait en doute l'erreur que représentait le suicide. Le droit de se suicider n'existait tout simplement pas. Les suicidés n'étaient que des monstres d'égoïsme et d'autoapitoiement. D'une telle ingratitude face au cadeau de la vie. Et malgré la haine d'eux-mêmes qu'ils éprouvaient sans doute, ce n'était pas tant eux-mêmes que leurs suicides entendaient détruire que les familles et amis qu'ils laissaient derrière eux.

Tout cela ne me fut d'aucun secours.

Pas plus que la bonne dizaine de livres sur le suicide que j'ai pu lire cette dernière année. J'ai pourtant appris des choses intéressantes. Par exemple que certains sages d'antan tenaient cette mort volontaire, quoique généralement condamnée, pour moralement acceptable, voire honorable, en tant qu'échappatoire à une douleur insupportable, la mélancolie ou la disgrâce – ou même juste à ce bon vieil ennui. Que des penseurs plus récents avaient suggéré, malgré l'interdit absolu du suicide chez les chrétiens (bien qu'aucune condamnation explicite ne figure dans la Bible), que le Christ lui-même pourrait être considéré comme suicidaire. Que, dans les pays occidentaux, la quantité de lettres de suicide avait atteint un pic au dix-huitième siècle, à une époque où justement les suicides apparaissaient, à côté des autres annonces publiques, dans les journaux.

Et le coup de grâce : écrire à la première personne est un signe avéré de potentiel suicidaire.

Ce qui m'a été d'un grand secours : les mots d'une femme que j'ai connue il y a des années, quand nous travaillions pour le même magazine. Brutalement, alors qu'ils étaient tout jeunes mariés, son mari avait fait d'elle une veuve. Un jour nous formions des projets d'avenir, dit-elle, et le lendemain il n'était plus là. Au début, j'ai cru qu'il était de mon devoir d'épouse d'essayer de comprendre. Mais j'ai fini par arriver à la conclusion que c'était faux. Il avait choisi le silence. Sa mort était un mystère. J'ai finalement décidé de lui accorder son silence. Son mystère.

Je parle de ce sentiment que j'ai de vivre avec un pied dans la folie, les distorsions de la réalité, le brouillard où je tombe à certains moments, aussi troublant qu'une amnésie. (Qu'est-ce que je fabrique dans cette salle de classe ? Pourquoi mon visage a-t-il l'air si bizarre dans *ce* miroir ? C'est *moi* qui ai écrit ça ? Qu'est-ce que j'ai bien pu vouloir dire ?)

Je parle de cette impression que j'ai, quel que soit le nombre d'heures que je dors, d'être épuisée. Du nombre de fois où je me cogne dans les choses, les lâche, ou trébuche toute seule. Et de toutes ces fois où je descends du trottoir alors qu'une voiture approche et me renverserait si quelqu'un à côté de moi ne me tirait pas en arrière. Des jours où je ne mange pas, des jours où je ne mange que des cochonneries. De ces peurs absurdes : et s'il y avait une fuite de gaz et que l'immeuble explosait ? Des choses que j'égare ou que je range au mauvais endroit. Des impôts que j'oublie de payer.

Ce sont là tous les symptômes du deuil, dit le thérapeute inutilement. Docteur Évidence.

Mais tu sais, Apollon, lui dis-je après ma quatrième ou cinquième séance, je crois que je commence à aller un peu mieux.

Autre chose sur Wittgenstein. Selon le physicien Freeman Dyson, qui avait rencontré Wittgenstein quand le philosophe enseignait à Cambridge en 1946, si une femme osait s'aventurer dans la salle où il faisait classe, il se taisait jusqu'à ce qu'elle saisisse le message et s'en aille.

Je suis de plus en plus stupide chaque jour, l'a-t-il une fois entendu marmonner dans sa barbe.

Sur le sujet des femmes, pas de doute.

Si vous étiez tenté de placer toute votre foi dans les grands esprits masculins, souvenez-vous de ceci : Il regarda les chats et les fit dieux. Il regarda les femmes et interrogea : Sont-elles humaines ? Et une fois tranchée cette épineuse question : Mais ont-elles une âme ?

Ce n'est pas que je ne sache pas dire ce que je ressens. C'est très simple. Tu me manques. Tu me manques tous les jours. Tu me manques tellement.

Un moment encore, cette fois pour s'interroger sur le sens que *Wittgenstein* attribuait à « une vie merveilleuse » ?

Et pour compatir au malheur de sa sœur Gretl : trois frères *et* un mari suicidés.

Je raconte au thérapeute ces instants étranges, juste après avoir appris la nouvelle, où j'étais persuadée que c'était une erreur. Tu étais parti, mais tu n'étais pas mort. Tu avais disparu, voilà tout. Tu avais décidé de nous jouer un tour, un affreux tour puéril. Tu avais disparu, tu n'étais pas mort. Donc tu pouvais revenir. Tu pouvais revenir, et puisque tu pouvais revenir, tu allais revenir bien sûr. Comme durant cette brève période, il y a quelques années, où je me suis dit que ce devait être le stress, la fatigue, une phase un peu curieuse que je traversais, et qu'une fois passée la tempête, quelle qu'elle soit, je retrouverais mon apparence initiale.

Plus tard, le souvenir me revient tout à coup d'une scène, la dernière, du film *Houdini*. Je parle de la version des années cinquante, avec Tony Curtis, que j'avais vue à la télévision quand j'étais adolescente. Lui qui était devenu mondialement connu pour ses évasions spectaculaires meurt dans la citerne d'eau où il a été immergé à l'envers, les pieds coincés dans des cales. Il avait réussi à se tirer de la cellule de torture chinoise, mais cette fois, sans qu'aucun spectateur dans l'assistance ne l'ait remarqué, il est affaibli, souffrant, à cause d'une appendicite aiguë.

Avant de mourir, le maître magicien promit à sa femme : s'il existe un moyen, je reviendrai.

Ce qui m'avait donné la chair de poule à l'époque et continue de m'émouvoir encore aujourd'hui.

Même si je sais que le vrai Houdini est mort dans un lit d'hôpital et que ses derniers mots ont été *Je suis fatigué de me battre.*

Je convoque un autre souvenir. Cette fois je suis beaucoup plus jeune : une enfant. C'est une fête d'anniversaire chez une amie, dans une grande demeure victorienne en ardoise qui ressemble à mes yeux à un château inquiétant. Cache-cache. C'est moi qui compte. J'arrive à dix et ôte les mains de mes yeux. C'est la fin d'après-midi, en hiver, toutes les lampes ont été éteintes le temps du jeu. Encore remplie de vie, de lumière et de tapage il y a quelques minutes, à présent la maison est un tombeau.

On m'a raconté que les premiers à quitter leurs cachettes pour savoir ce qui se passait m'avaient trouvée étendue face contre terre sur le tapis.

Trop d'excitation, trop de glace et de gâteaux : les adultes n'avaient rien compris, ainsi que c'est souvent le cas quand les adultes essaient d'interpréter les tourments des enfants. Quant à moi, terrifiée jusqu'à l'os et dépourvue des mots pour le faire, je ne les avais pas détrompés. Mais je n'ai jamais oublié. L'expression éculée de *silence de mort* suffit à faire revenir l'épisode comme un flash.

L'année précédente, mon grand-père avait disparu. Suivi de près par le principal de notre école. Rien dans les explications qu'on donna pour justifier ces disparitions n'était très convaincant. En revanche le fait que cela procède d'une chose infâme, indicible, sur quoi les lèvres devaient rester scellées… ceci était très clair.

L'horreur me pénétra. Ils n'étaient pas cachés, les autres enfants ; ils avaient disparu. Absorbés par l'obscurité, qui ne les recracherait jamais. Moi seule demeurais – *à compter.* Seule seule seule. La pièce dansait devant mes yeux. Avant de m'évanouir, j'avais vomi.

Je me souviens tout à coup que le beau-père de Gretl Wittgenstein s'était suicidé lui aussi.

Est-ce que je rêve de toi ?

Je m'applique à décrire mes rêves : je suis dans la neige, je marche péniblement en essayant de rattraper quelqu'un loin devant moi, une silhouette en manteau noir, pareille à une déchirure triangulaire dans l'immense couverture blanche. Je crie ton nom. Tu te retournes, commences à me faire des signes avec tes bras. Que je ne comprends pas. Est-ce que tu veux que j'accélère, ou est-ce que tu me dis de m'arrêter et de faire demi-tour ? L'agonie de l'incertitude. Fin du rêve. Ou bien, dis-je (l'air de m'excuser, ce qui est absurde), c'est tout ce dont je me souviens.

Je parle des fois où je te vois. Chaque fois mon cœur se retourne dans ma poitrine. Mais pourquoi faut-il que la personne que je prends pour toi soit toujours quelqu'un qui te ressemble, non pas à l'âge que tu avais quand tu es mort, mais à d'autres âges de ta vie ? Un jour, sur le campus, j'ai quasiment crié de joie en voyant quelqu'un qui te ressemblait quand nous nous sommes rencontrés, toi et moi.

Je confesse des accès de rage. Marchant dans Midtown, en pleine heure de pointe, cernée de gens courant dans tous les sens, je me sens bouillir tout à coup, prête à tuer. Qui sont tous ces connards, qu'est-ce qui justifie, comment c'est possible que tous, tous ces gens parfaitement ordinaires, soient vivants, alors que *toi*...

Le thérapeute m'interrompt pour me faire remarquer que tu as choisi.

Il est vrai que j'ai tendance à l'oublier. Le plus souvent, il me semble que ce n'est pas ce qui s'est produit, que ce n'était en rien un choix, un acte délibéré, plutôt une espèce d'accident tordu qui t'est tombé dessus.

Ce qui, à mon sens, n'est pas totalement faux, l'auto-homicide étant indubitablement contre l'ordre naturel des choses.

Pourquoi un chien, un cheval, un rat, auraient-ils la vie et toi plus un souffle ? gémit le roi Lear. *Toi* étant sa fille Cordélia.

Parfois j'arrive à peine à contenir ma colère vis-à-vis des étudiants. Comment peut-on être premier de sa promotion de littérature et ignorer encore qu'on ne met pas de point après un point d'interrogation ? Pourquoi même les étudiants diplômés ne connaissent-ils pas la différence entre un roman et des Mémoires, et pourquoi s'obstinent-ils à parler de n'importe quel livre entier comme d'une « œuvre » ?

Une étudiante qui n'a pas fait la lecture des cinquante pages que j'avais donnée m'avance comme excuse qu'elle a été convoquée pour être jurée. J'ai envie de la frapper.

J'efface sans même y répondre le questionnaire envoyé par quelqu'un qui envisage de suivre mes cours. (Question numéro un : *Êtes-vous très à cheval sur la ponctuation et la grammaire ?*)

Toute cette colère, dit le thérapeute. Et cependant rien dans cette colère n'est dirigé contre *toi*. Ni colère ni culpabilité. Est-ce parce que je pense que le suicide peut se justifier ?

Platon le pensait. Sénèque le pensait.

Mais *moi*, qu'est-ce que je pense ? Pourquoi l'as-tu fait, selon moi ?

Parce que tu étais pris au piège, la tête en bas dans une citerne pleine d'eau.

Parce que tu étais affaibli et souffrant.

Parce que tu étais fatigué de te battre.

Un jour, l'heure entière de la séance passe sans que je prononce presque un mot. Chaque fois que je commence à parler, je m'effondre. Après quelques tentatives, j'abandonne et reste assise à sangloter jusqu'à ce qu'il soit l'heure de partir.

Je voulais parler de l'époque où toi et moi nous sommes retrouvés à Berlin. Je vivais là-bas cette année-là, suivant un programme de bourse. Tu passais par là : la traduction allemande de ton dernier livre venait de sortir. Nous avions donc pu avoir un long week-end ensemble.

Tu voulais visiter la tombe de l'écrivain Heinrich von Kleist, située à l'endroit exact où, en 1811, à l'âge de trente-quatre ans, il s'était tué. Je connaissais l'histoire. Je savais que Kleist, qui avait souffert de désespoir toute sa vie, voulait mourir depuis longtemps. Mais pas tout seul. L'idée du pacte suicidaire l'avait toujours excité. La femme de ses rêves serait celle qui porterait au fond de son cœur le désir profond de mourir avec lui.

Henriette Vogel n'était pas la première femme qu'il avait approchée, mais ce fut elle qui, après avoir été diagnostiquée en phase terminale de cancer à l'âge de trente et un ans, avait saisi cette opportunité d'en finir dans un meurtre-suicide romantique.

Après lui avoir tiré une balle dans le sein gauche, Kleist avait fourré l'arme dans sa bouche et tiré. Un travail d'homme.

Tous deux semblaient avoir espéré en retirer une expérience orgasmique.

Un témoin raconta les avoir croisés la veille, détendus, autour d'un joyeux dîner. Et bien qu'ils aient tous deux été chrétiens, ils semblaient cependant avoir souhaité que la mort les mène vers un monde meilleur, une éternité de béatitude parmi les anges – sans aucune crainte de la torture éternelle censément réservée aux êtres violents envers les autres et envers eux-mêmes.

Vogel, qui était mariée, avait demandé dans une dernière lettre adressée à son mari à ne pas être séparée de Kleist dans la mort. Ils avaient été enterrés à l'endroit exact où ils étaient tombés, dans une pente verte ombragée surplombant le lac connu sous le nom de Kleiner Wannsee.

Comme beaucoup de terres de repos, c'était un lieu paisible. Où je suis souvent retournée toute seule. (Le site a été rénové depuis, mais je n'y suis plus jamais allée.) Je trouvais presque toujours une fleur fraîche sur la pierre tombale de Kleist, même en hiver. Depuis que je l'avais découvert pour la première fois à l'université, j'adorais son œuvre, et je me sentais bien là où il reposait. Je songeais aux frères Grimm passant par là. À Rilke, ici même, écrivant des vers dans un carnet.

En traversant le pont Wannsee ce jour-là, nous avions vu deux cygnes s'accoupler. Rien à voir avec l'image charmante à laquelle on pourrait songer – la femelle semblait sérieusement en danger de se noyer. Quoi qu'il en soit, il était difficile d'imaginer leurs battements d'ailes comiques et laborieux donnant un quelconque résultat.

Pourtant, peu de temps après, sur un chemin sous le pont, j'étais tombée sur leur nid, étonnamment proche de la rive. Ici aussi, je devais revenir souvent. Habituellement, j'en trouvais un – la femelle, supposais-je – enroulé sur lui-même dans son sommeil ou couvant le nid, tandis que l'autre flottait non loin. Parfois je les découvrais, travaillant ensemble à l'agrandissement de leur nid avec des brindilles, des broussailles jusqu'à ce que celui-ci ressemble à un chapeau mexicain géant.

Chacun sait que les cygnes sont en couple pour la vie. Fait moins connu : il leur arrive d'être infidèles. J'ai moi-même découvert que l'un de ces deux cygnes – le mâle, ai-je supposé – allait régulièrement voir un autre cygne, sur une autre partie du lac.

Bien que je n'aie jamais vu aucun œuf dans le nid, j'espérais bien finir par apercevoir de jeunes cygnes. Mais tout à coup, le nid avait disparu. Je n'ai aucune idée de ce qui lui était arrivé. Les cygnes avaient commencé à construire un nouveau nid, mais très vite il avait disparu lui aussi.

Les cygnes de Wannsee sortaient souvent vers la fin de la journée, leurs plumes prenaient les couleurs changeantes du coucher de soleil. Des cygnes aux nuances rosées, des cygnes aussi roses que des flamants roses, aussi bleus que des violettes, des cygnes d'un pourpre aussi intense que le crépuscule, des cygnes de nuit. Des oiseaux tout droit sortis d'un rêve, comme un rappel de la beauté du monde. Tout droit sortis du paradis.

Ce devait être un monstre, étions-nous tombés d'accord. Pour s'être ainsi servi de ses pouvoirs poétiques afin de convaincre une femme docile et incurable de le laisser l'abattre.

Mais elle ? Elle allait mourir de toute façon. Le suicide par procuration, même s'il précipitait sa mort, lui épargnait sans doute beaucoup de souffrance. En revanche, permettre à une autre personne de commettre un meurtre et un suicide – en l'occurrence, quelqu'un qui, bien que désespéré, était encore jeune, et aurait pu vivre et continuer d'engendrer une œuvre littéraire de génie durant de nombreuses années –, comment justifier une chose pareille ?

Si Kleist n'avait jamais trouvé de partenaire dans la mort – si, comme d'autres avant elle, cette femme avait repoussé sa folle requête –, qui sait ce qui se serait produit ? Ou pas. En réalité, plus j'y pense, plus il me semble que Mme Vogel aurait à répondre de beaucoup.

Quel genre d'amour était-ce là ? Ne lui est-il pas venu à l'esprit d'essayer de le sauver ?

Et maintenant je me demande ce qui m'a pris d'écrire « Tout droit sortis du paradis » alors que je ne crois même pas qu'un tel endroit existe.

Pour ceux qui ne veulent pas partir tout seuls, Internet est un don de Dieu. De parfaits inconnus, vivant parfois à des kilomètres les uns des autres, se rencontrent en ligne et conviennent d'un rendez-vous. Un homme prend un vol depuis la Norvège pour la Nouvelle-Zélande où il retrouve un autre homme avec qui sauter du haut d'une falaise. Un homme et une femme réservent deux chambres séparées dans un complexe hôtelier au bord d'un lac, quelques jours plus tard on les retrouve menottés et noyés ensemble. Au Japon, où la mode des suicides collectifs est particulièrement forte, on ne cesse de découvrir des wagons de cadavres. Mais le site de suicide le plus populaire au Japon reste la célèbre forêt d'Aokigahara, au pied du mont Fuji, où ni les pancartes *Vous n'êtes pas seul, Pensez à vos parents*, disposées le long des sentiers, ni les téléphones directement connectés à des centres d'appels d'urgence n'ont réussi à détrôner l'endroit du sommet du classement des destinations de suicide mondiales. Talonné par le pont du Golden Gate, destination numéro un aux États-Unis.

Berlin. Je me souviens que tu étais d'excellente humeur. Par l'un de ces coups de bol éditoriaux (qui, selon toi, n'étaient désormais plus que des coups de bol), ton livre, qui s'était très peu vendu aux États-Unis, était un best-seller en Europe. C'était donc une tournée triomphale. Tu étais ravi d'être en Allemagne, connue pour ses lecteurs de qualité (ainsi que tu persistais à le répéter), particulièrement à Berlin, l'une de tes villes préférées, une ville, comme Paris, idéale pour marcher, et riche dans la tradition de la flânerie.

Je me souviens combien j'étais heureuse en apprenant ta venue. Tu m'avais tellement manqué. Et, en partie parce que c'était une de ces rares époques où tu étais célibataire, et parce que nous étions loin de chez nous – en visite à l'étranger, on nous prenait, naturellement, pour mari et femme –, il me semblait parfois que c'était ce que nous étions : un couple. Un couple en vacances. En tout cas, je me souviens de m'être sentie spécialement proche de toi ce week-end-là et terriblement désemparée quand tu partis.

Tout cela est imprimé dans ma mémoire et me tournait dans la tête tandis que j'étais assise dans le cabinet du thérapeute. Mais je ne pouvais pas en parler, car je n'arrivais pas à m'arrêter de pleurer.

En même temps je me demande pourquoi, malgré mes réflexions, je laisse « Tout droit sortis du paradis ».

Il pense que je suis amoureuse de toi. Il pense que j'ai toujours été amoureuse de toi. Il me dit ceci d'une voix différente de sa voix douce habituelle, pas exactement brutalement mais avec une note d'impatience, il me semble. Ou bien est-ce juste une note d'urgence.

Cela complique le processus de deuil, explique-t-il. Je te pleure comme une amante. Comme une femme.

Peut-être que cela vous aidera d'écrire sur le sujet, me dit-il la dernière fois que je le vois.

Et peut-être que non.

J'avais oublié combien il est douloureux de se souvenir, a écrit l'une de mes étudiantes. Et elle n'a que dix-huit ans.

C'est Hector qui nous annonce la nouvelle, il m'appelle tard un après-midi. L'agent de gestion de l'immeuble a conseillé au propriétaire de ne pas se lancer dans les démarches de contestation de ma requête de conservation d'Apollon comme animal d'assistance, d'autant plus qu'il n'y a eu aucune plainte à son sujet de la part des autres occupants. (Un de mes amis déclare que maintenant que j'ai le certificat, je n'aurais probablement pas de problème à avoir un chien dans mon appartement aussi longtemps que je vivrais ici, même après la mort d'Apollon. Sans doute, mais je me suis promis de ne pas utiliser ce levier plus d'une fois. Et par ailleurs, je ne supporte pas d'évoquer la *mort* d'Apollon, le *remplacement* d'Apollon.)

Hector a un sourire jusqu'aux oreilles. Et moi les larmes aux yeux de soulagement.

Je crois que ça se fête, dis-je.

Et il se trouve que j'ai toujours cette bouteille de champagne donnée par une étudiante.

Dixième partie

Quiconque se retrouve obligé d'assister à la décrépitude d'un animal m'évoque le poète Gavin Ewart, souhaitant que son chat de quatorze ans convalescent vît encore un dernier été avant *cet ultime et détestable voyage chez le vétérinaire.*

Je vois les poils de museau d'Apollon virer au gris, ses yeux cerclés de rouge, sa démarche qui se raidit certains jours, comme il lui faut, de temps à autre, s'y reprendre à deux fois pour se redresser sur ses pattes, et cela me ronge. La liste des choses que le vétérinaire me demande de surveiller, les signes reconnaissables de maladie et de détérioration chez les chiens âgés, me fait trembler. (*Comment vas-tu réussir à prendre soin de lui s'il devient infirme ?*) Dans l'intervalle de six mois entre deux check-up, son arthrite a empiré.

Un miracle ne suffit pas. Le désastre a été évité, nous ne serons ni séparés ni expulsés – je suis navrée mais ça ne suffit pas. À présent je suis comme la Femme du Pêcheur : j'en veux plus. Et pas juste un dernier été, ni même deux, trois ou quatre étés encore. Je veux qu'Apollon vive aussi longtemps que moi. Même un jour de moins serait injuste.

Et pourquoi donc faut-il qu'il y ait à la fin ce voyage *inévitable* chez le vétérinaire ? Pourquoi ne pourrait-il mourir chez lui, dans son sommeil, en paix, comme le bon chien qu'il est ?

Pourquoi, alors que je l'ai sauvé, dois-je maintenant le regarder souffrir – souffrir et mourir – pour finir par me retrouver seule, sans lui ?

Je crois qu'il le voit quand je pense à ces choses-là. Quand il est près de moi, il me manifeste une attention particulière, presque comme s'il essayait de m'en distraire.

On a coutume de croire que, bien qu'ils ignorent qu'un jour ils mourront, beaucoup d'animaux comprennent qu'ils meurent quand cela finit par se produire. À quel moment donc un animal mourant comprend-il ce qui est en train de lui arriver ? Se peut-il qu'il en prenne conscience longtemps avant ? Et comment les animaux réagissent-ils au vieillissement ? Sont-ils plongés dans la perplexité, ou bien ont-ils l'intuition de ce que les signaux signifient ? Ces questions sont-elles ridicules ? Je reconnais que oui. Et cependant elles me préoccupent.

Apollon a un jouet favori, une corde rouge vif en gros caoutchouc. J'adore son imitation du molosse enragé quand nous jouons au jeu de la corde. Mais ce qui l'amuse le plus semble être de me laisser gagner. (Je n'arrive pas à savoir jusqu'à quel point il est conscient ou non de sa propre force ; je ne l'ai en tout cas jamais vu en faire pleinement usage.) Les autres jouets ne l'intéressent pas, alors que je ne cesse d'en acheter de nouveaux – de même que je continue de l'emmener au parc à chiens, bien qu'ayant abandonné tout espoir de l'y voir jouer. Il n'est pas plus enclin à s'intéresser aux autres chiens qu'aux autres gens. Et cela ne laisse pas de me perturber. *Pourquoi refuses-tu de jouer ? Avec tous ces chiens sympathiques dans le parc !*

En quoi est-ce si important cependant ? J'imagine que c'est un peu la même chose quand des parents voudraient que leur enfant soit, sinon incroyablement populaire, du moins pas totalement isolé. Je serais tellement heureuse de le voir se lier d'amitié avec ne serait-ce qu'un autre chien, tomber amoureux même. Ce n'est pas parce qu'il a été castré qu'il ne peut pas éprouver des sentiments particuliers pour un autre chien, si ? Nous croisons souvent un mastiff italien argenté répondant au nom de Bella. (L'anthropomorphisme, ai-je décidé, est inéluctable, et j'ai beau essayer de m'en cacher, j'ai cessé de lutter contre.)

Sur l'aspect le plus admirable de la loyauté canine, l'écrivain Karl Kraus avait pointé du doigt le fait que les chiens sont loyaux aux gens, pas aux autres chiens. Et ne sont peut-être pas, donc, des modèles de vertu. En réalité, très souvent, les chiens détestent les autres chiens, même ceux de leur propre sang.

J'en ai encore eu la preuve ce matin même. Deux chiens en laisse s'aperçoivent et se mettent immédiatement à se jeter en avant en grognant.

Sale fils de pute. Je te déteste. Va te faire foutre. Je te boufferai le museau à pleines dents, espèce de merde puante. Je te tuerai. T'as de la chance que je sois en laisse, ou je t'arracherais les couilles.

Ils tirent sur leurs laisses à s'en étrangler.

Apollon n'est pas comme ça. Je ne l'ai jamais vu insulter, attaquer ou malmener un autre chien. Malgré tout ce qu'il a traversé, il est resté doux, il a conservé son… humanité, ai-je envie de dire (quel autre mot *devrais*-je employer ?).

Un jour, nous passons devant un perron où se tient un chat, à peu près à la hauteur de la tête d'Apollon. Le chat sursaute, se hérisse et lui crache au visage. Apollon présente l'autre joue : une patte la gifle et la griffe. L'espace d'un instant, j'ai peur pour le chat, mais Apollon poursuit son chemin. Il ne veut pas d'ennuis. Il veut la paix.

Même dans son grand âge, il s'avère une créature d'une beauté si saisissante qu'il suscite régulièrement des souffles coupés.

Rien que de penser à l'allure qu'il devait avoir dans sa jeunesse.

Ce n'est pas si rare de se dire qu'on aurait bien aimé savoir de quoi avait l'air l'être aimé avant qu'on le rencontre. En fait c'est presque une douleur de ne pas avoir connu celui qu'on aime quand il était enfant. J'ai éprouvé cela pour chaque homme avec qui j'ai été dans ma vie, et pour beaucoup d'amis proches également, et maintenant je l'éprouve aussi vis-à-vis d'Apollon.

Ne pas l'avoir connu jeune chien fringant, avoir manqué toute son enfance de chiot ! Je ne me sens pas seulement triste, je me sens flouée. Pas même une photo qui témoigne de celui qu'il était. Il faut que je me contente des images de grands danois bébés dans les livres, sur Internet. Activité à laquelle j'avoue avoir consacré quelques heures.

Ce n'est arrivé qu'une seule fois. En marchant dans SoHo, je tombe sur quelqu'un qui promène un danois chiot. Les deux humains sont enchantés, les chiens ne se voient même pas.

Il arrive malheur au chien : une leçon qu'on apprend très jeune, dans les livres pour enfants. Souvent, dans ces histoires, les animaux meurent, et souvent de terrible façon. Fidèle Vagabond. Le poney rouge. Et même quand ils ne meurent pas, même quand ils sont non seulement vivants mais heureux à la fin de l'histoire, ils souffrent, souvent atrocement, traversent l'enfer. Black Beauty. Flicka. Croc-Blanc. Buck, dans *L'Appel de la forêt*. L'autobiographie de Beautiful Joe, basée sur la vie d'un chien ayant réellement existé, abonde en scènes de cruauté, et commence avec sa brute de maître lui découpant les oreilles et la queue à la hache.

Bien entendu, comme de nombreux autres lecteurs, je me rappelle avoir beaucoup pleuré en lisant ces livres (jamais aussi fort que sur le sort du pauvre Joe) et cependant je n'ai jamais regretté de les avoir lus. Y a-t-il plus captivant que l'histoire d'un enfant et d'un animal devenant inséparables ? Quand j'ai compris que je voulais écrire, j'étais sûre que ce serait sur ce sujet. Pourtant je ne l'ai jamais fait.

Dans l'enfance, les gens voient les animaux comme leurs égaux, leurs semblables même. Que l'humain fût différent, unique et supérieur à toutes les autres espèces – c'est une idée qu'on leur inculque.

Les enfants rêvent d'un monde exclusivement peuplé d'êtres non humains. J'adorais imaginer que j'étais un animal, un chat, un lapin ou un cheval. J'essayais de communiquer par bruits animaux plutôt que par le langage, je refusais d'utiliser mes mains pour manger. Parfois je conservais cette attitude si longtemps et avec tant de conviction que mes parents s'en inquiétaient. C'était un jeu, mais à l'origine il y avait quelque chose de très sérieux, dont l'empreinte m'a poursuivie jusqu'à l'âge adulte : le vœu de n'être pas un membre de la race humaine.

Il arrive malheur au chien dans le roman de Milan Kundera *L'Insoutenable Légèreté de l'être*. Le chien est offert par le personnage principal, Tomas, à sa femme, Tereza – pour la même raison, nous dit-on, qui l'a poussé à épouser Tereza : réparer la peine et l'humiliation causées par son incorrigible tempérament de séducteur. Bien que femelle, sur un caprice, le chiot est baptisé du nom de personnage masculin d'un autre roman : celui du mari d'Anna Karénine. Karénine le chien déteste le changement, adore être à la campagne, où il devient ami avec un cochon, développe un cancer mortel et finit piqué.

Kundera a sa propre interprétation de Genèse 1:26. *La vraie bonté de l'homme ne peut se manifester en toute pureté et en toute liberté qu'à l'égard de ceux qui ne représentent aucune force.* Qu'on constate ensuite de quelle manière la race humaine traite ceux qui sont à sa merci. Et soumise à ce test moral, *c'est ici que s'est produite la plus grande faillite de l'homme... débâcle fondamentale dont toutes les autres découlent.*

Karénine et Tereza sont dévoués l'un à l'autre. Réfléchissant à la pureté altruiste de leur lien, Tereza en conclut qu'un tel amour est, sinon plus grand, du moins meilleur que cette chose corrompue, pesante et éternellement décevante qu'elle a toujours connue avec Tomas.

Idylliques, ainsi Kundera décrit-il les relations des hommes avec les animaux. Idylliques, car les animaux n'ont pas été expulsés du paradis en même temps que nous. Ils y sont restés, inaltérés par des complications telles que la séparation du corps et de l'âme, et c'est à travers l'amour et l'amitié que nous partageons avec eux que nous parvenons à nous reconnecter au paradis, même si cela ne tient qu'à un fil.

D'autres vont encore plus loin. Les chiens ne sont pas simplement vierges de tout vice. Ils sont des êtres célestes, des anges incarnés, des esprits vigiles sous leurs manteaux de fourrure, envoyés sur terre pour veiller sur les hommes et les aider à vivre. De même que la déification des chats, cette croyance contamine la Toile tout entière, et continue de croître. De quoi s'interroger. Sur les gens, je veux dire.

Dans *Disgrâce*, il arrive de grands malheurs à tout un tas de chiens. La question demeure : pourquoi David Lurie n'en sauve-t-il pas un, ce bâtard qui s'est épris de lui et pour qui en retour il éprouve une affection particulière ? Pourquoi ce chien – un bon chien, infirme mais encore jeune, et apparemment sensible à la musique – ne peut-il échapper au sort de tous les autres chiens indésirables supprimés dans le centre de protection des animaux ? Pourquoi, au lieu d'épargner au moins celui-ci, Lurie insiste-t-il pour le sacrifier lui aussi ?

Souvenez-vous, l'agent Starling, dans *Le Silence des agneaux*, racontant à Hannibal Lecter comment, enfant, vivant dans le ranch de son oncle, elle avait désespérément espéré pouvoir sauver les agneaux de l'abattage de printemps. Comment elle avait emporté un agneau et essayé de s'enfuir avec lui. *Je me disais que si je pouvais en sauver au moins un… mais il était lourd. Si lourd.* À la fin, comme Lurie, elle s'avère incapable de sauver un animal voué à la mort. Pas même un.

*

Nous savons qu'ils pensent, mais les chiens ont-ils des opinions ?

Kundera attache une grande importance au fait que, contrairement à nous, les animaux n'éprouvent pas de dégoût. Je n'en suis pas si sûre (pas même les chats ?), mais que les chiens ne soient enclins ni à la critique ni au jugement joue indéniablement un grand rôle dans ce qui nous les rend sympathiques. (C'est la raison pour laquelle les éducateurs avaient estimé que lire à voix haute à des chiens ne pouvait être que bénéfique pour des enfants en difficulté. Et peut-être aussi la raison pour laquelle des musiciens comme Laurie Anderson et Yo-Yo Ma disent regarder leur public en l'imaginant entièrement composé de chiens.)

Gratitude : je ne crois pas que les gens s'imaginent des choses quand ils attribuent ce sentiment à leur chien d'assistance. J'ai souvent le sentiment qu'Apollon m'est reconnaissant.

Je voudrais savoir s'il se projette. *Elle va bientôt rentrer. J'ai hâte de manger ! Demain est un autre jour.*

Plus encore, je voudrais savoir quels souvenirs il garde du passé. Éprouve-t-il de la nostalgie ? Des regrets ? Chérit-il certains souvenirs ? Nourrit-il des amertumes ? Avec des sens aussi aiguisés que les leurs, pourquoi les chiens ne pourraient-ils pas avoir leurs propres madeleines de Proust ?

Pourquoi ne pourraient-ils avoir des instants de révélations, des épiphanies, et ainsi de suite ?

Au début, il m'arrivait de surprendre son regard fixé sur moi, se détournant à l'instant même où je le lui rendais. Aujourd'hui il a pris l'habitude de venir déposer sa tête pesante sur mes genoux et de relever les yeux vers moi comme s'il me parlait.

De quoi lui parlez-vous ? m'a demandé le psy.

La plupart du temps, ce sont surtout des questions que je lui pose. Quoi de neuf, petit ? C'était bien, cette sieste ? Est-ce que tu courais après quelque chose dans ton sommeil ? Tu veux sortir ? Tu as faim ? Tu es heureux ? Ça te fait mal, ton arthrite ? Pourquoi tu ne joues pas avec les autres chiens ? Est-ce que tu es vraiment un ange ? Tu veux que je te fasse la lecture ? Tu veux que je chante ? Tu sais que je t'aime ? Et toi, tu m'aimes ? Tu m'aimes pour toujours ? Tu veux danser ? Est-ce que c'est moi, la meilleure personne que tu as connue ? Ça se voit que j'ai bu ? J'ai l'air grosse dans ce jean ?

Si seulement nous pouvions parler aux animaux, continue la chanson.

C'est-à-dire : si seulement ils pouvaient nous répondre.

Mais bien sûr cela gâcherait tout.

Toute ta maison sent le chien, déclare un visiteur. Je lui réponds que je vais m'en occuper. Ce que je fais, en décidant de ne plus jamais inviter cette personne à nous rendre visite.

Une nuit, je me réveille et trouve Apollon près du lit, manifestement en train d'essayer de ramener sur moi la couverture que j'ai dû faire tomber dans mon sommeil. Quand je raconte cela aux gens, ils ne me croient pas. Ils disent que j'ai dû rêver. J'admets alors que c'est possible. Mais en réalité je pense qu'ils sont juste jaloux.

Une fête pour la sortie d'un livre. Une femme que je n'ai jamais rencontrée glousse en me demandant : Est-ce que c'est vous la femme qui est amoureuse d'un chien ?

Est-ce que c'est moi ? Est-ce que je me suis choisi un chien pour mari de même qu'Ackerley s'était choisi une chienne pour femme ? Est-ce que le jour de sa mort sera le jour le plus triste de ma vie ? Aurai-je moi aussi envie de m'immoler telle une sati ? Non. Pourtant je me découvre moi aussi si impatiente de rentrer à la maison le retrouver que je saute dans un taxi au lieu de prendre le métro. Je chantonne moi aussi à l'idée de le voir, et, sans aucun doute, cet amour n'a rien à voir avec aucun amour que j'ai éprouvé auparavant.

Une angoisse récurrente : quelqu'un qui prétend être le maître d'Apollon finit par réapparaître, quelqu'un qui raconte une histoire folle mais convaincante sur la manière dont ils ont été séparés, et je dois renoncer à lui.

Il me revient tout à coup que je n'ai appris que tout récemment qu'en anglais le terme *puppy love*[1] (amourette) faisait à l'origine référence à l'amour d'une personne *pour* un chiot. Rien à voir, comme je le pensais, avec l'amour d'un chiot pour une personne.

En lisant Ackerley, je remarque qu'il utilise le mot *personne* quand il fait référence à un chien. Au début j'ai cru que c'était une erreur. Mais, de la part d'un des écrivains les plus minutieux au monde, je dirais que c'est très peu probable.

Me revient à présent la confidence de cet ami qui disait avoir été persuadé, des années durant, que l'expression *It's a dog-eat-dog world*[2] était en fait *It's a doggy-dog world*, dont il s'était toujours demandé ce qu'elle pouvait bien vouloir dire.

Quand vous vous promenez avec un chien, les gens vous racontent des histoires de chien. Un homme d'affaires en costume caresse la tête d'Apollon en me racontant comment sa mère a un jour décidé d'abandonner un chien qu'elle avait depuis des années. Elle l'avait accompagné jusqu'à un arrêt de bus et l'avait laissé dans sa caisse de transport, sous le banc. Quand son fils avait découvert ce qui s'était passé, il s'était

---

1. Littéralement : amour de chiot.
2. Littéralement : « Les chiens se mangent entre eux en ce bas monde », que le français traduit par : « L'homme est un loup pour l'homme. » Quant à *doggy-dog world*, cela ne veut en effet pas dire grand-chose, si ce n'est quelque chose comme « C'est un monde de chien très chien ».

lancé à la recherche du chien et avait fini par retrouver sa trace dans un refuge. Il avait appelé le refuge pour leur dire qu'il viendrait le récupérer mais que pour le moment il était à l'autre bout du pays et devait terminer son année de droit. Le refuge avait promis de garder le chien en l'attendant, mais avant qu'il ne réussisse à venir, le chien était mort. On lui expliqua qu'il avait tout bonnement cessé de s'alimenter.

Je ne comprends pas, me dit l'homme. Ce chien avait toujours été empâté à souhait, sa mère lui donnait des donuts, précisa-t-il, il était jeune et mignon, et tellement facile à adopter. En aucun cas, elle n'avait besoin de s'en débarrasser comme ça. L'histoire s'était produite des années auparavant, pourtant il n'arrivait toujours pas à comprendre pourquoi sa mère avait fait une chose pareille.

Parce qu'elle voulait faire du mal à quelqu'un, m'abstiens-je de lui répondre.

Un producteur de radio publique m'invite à écrire un texte sur un livre, n'importe quel livre qui m'ait inspiré des sentiments profonds et que je voudrais recommander aux auditeurs, dit-il.

Il se trouve que je connais cette série radiophonique, pour avoir déjà entendu d'autres écrivains se livrer à l'antenne à cet exercice de lecture d'un texte évoquant leurs livres préférés.

Je choisis *The Oxford Book of Death*[1]. Pas seulement parce que je pense réellement que tout le monde

---

1. Livre de D. J. Enright, non traduit en français, sorte d'anthologie de pensées savantes, littéraires, illustres, sur la mort.

devrait lire ce livre, mais aussi parce que je suis en train de le relire, avec une attention particulière pour les chapitres « Suicide » et « Animaux ».

Je rédige les cinq cents mots requis, louant la sélection de citations allant des temps reculés à nos jours, et couvrant tous les aspects du sujet, de « Définitions » à « Derniers mots ». J'expose le caractère fascinant de toute cette prose sur la mort, l'aspect paradoxalement divertissant et plein de vie du livre.

Je consacre beaucoup de temps à ce texte, ravie d'avoir une petite mission à accomplir, quelque chose à écrire, n'importe quoi. Je le termine et l'envoie, mais aucune réaction ne vient, et je n'entends plus jamais parler du producteur.

Aux informations :

Une thérapie expérimentale pratiquée dans certains refuges pour animaux : des volontaires font la lecture à des chiens maltraités et traumatisés.

Une interview avec un danseur professionnel qui, jeune garçon, avait été victime d'un harcèlement constant, et était devenu muet.

La mort de l'écrivain Michael Herr. Dont la notice nécrologique m'apprend que, dans les dernières années de sa vie, il était devenu un fervent bouddhiste et avait cessé d'écrire.

Dans *The Oxford Book of Death* :

Un syllogisme de Nabokov : *D'autres hommes meurent ; mais, moi, je ne suis pas un autre, donc je ne mourrai pas.*

« La seule expérience que je ne décrirai jamais », ai-je dit à Vita hier, rapporte Virginia Woolf dans son journal. Quinze ans avant que l'indescriptible ne se produise.

Dans les ateliers d'écriture, beaucoup d'histoires commencent avec un personnage qui se lève le matin. Il est beaucoup moins fréquent qu'elles se terminent avec un personnage qui va se coucher le soir. Le plus souvent, les histoires se terminent par une mort. En fait, parmi les nouvelles des étudiants, beaucoup commencent ou se terminent par un enterrement. Et lorsqu'un étudiant veut suggérer le flot de pensées d'un personnage, le plus souvent, il le représente en mouvement. Il le ou la place dans quelque moyen de locomotion, une voiture ou un avion. Comme s'il ne pouvait imaginer quelqu'un réfléchir en dehors d'un mouvement à travers l'espace.

Q : Pourquoi avez-vous envoyé ce personnage en voyage en Inde alors que cela n'a rien à voir avec le reste de l'histoire ?

R : Je voulais montrer l'étendue de son angoisse.

Derniers mots. *Alors c'est ainsi que l'histoire se termine*, avait dit mon ami dans l'hospice des malades du Sida. Les yeux écarquillés d'étonnement, comme un enfant.

Onzième partie

Comment l'histoire devrait-elle finir ? Depuis quelque temps maintenant, je l'imagine finir ainsi.

Une femme, seule dans son appartement, un matin, elle se prépare à sortir. C'est un de ces premiers jours de printemps partagé entre nuages et soleil. Une averse, peut-être, dans l'après-midi. La femme est réveillée depuis les premières lueurs.

Quelle heure est-il maintenant ?

Huit heures.

Qu'a fait la femme entre le moment où elle s'est réveillée et huit heures ?

Durant la première demi-heure, elle est restée au lit, à essayer de se rendormir.

La femme souffre-t-elle d'une sorte d'insomnie spécifique : réveils fréquents, incapacité à rester endormie ?

Oui.

A-t-elle des astuces pour se rendormir quand cela se produit ?

Compter à rebours depuis 1000. Nommer tous les États dans l'ordre alphabétique. Ce matin, néanmoins, rien de tout cela n'a fonctionné.

Elle s'est donc levée. Et après… ?

Elle a fait du café. Un expresso brassé dans une cafetière individuelle qu'elle a achetée récemment et dont elle a découvert qu'elle préfère le café à celui qu'elle avait l'habitude de préparer avec la cafetière à piston, cassée il y a un peu plus d'un mois. En général elle apprécie ce rituel matinal. Brasser et boire son café en écoutant les infos à la radio.

Quelles étaient les informations ce matin-là ?

En réalité, ce matin elle est préoccupée, elle n'écoute que d'une oreille.

A-t-elle mangé quelque chose ?

La moitié d'une banane dans un bol de yaourt nature mélangé à quelques raisins secs et noisettes.

Qu'a-t-elle fait après le petit déjeuner ?

Elle a regardé ses emails. Répondu à un message, une question de la librairie de l'université à propos de livres qu'elle a commandés pour un cours. Confirmé un rendez-vous de dentiste. Pris une douche et commencé à s'habiller. Mais elle n'arrête pas de changer d'avis à cause du temps dehors. Va-t-elle avoir trop chaud avec un pull ? Trop frais avec un imperméable ? Faut-il qu'elle prenne son parapluie ? Et un chapeau ? Des gants ?

Où va la femme ce matin ?

Elle va rendre visite à un vieil ami qui vient de rentrer de l'hôpital.

Qu'a-t-elle décidé de mettre finalement ?

Un jean et un gilet au-dessus d'un col roulé. Son imperméable à capuche.

Comment se rend-elle chez son ami ?

Elle prend le métro de Manhattan à Brooklyn.

Est-ce qu'elle s'arrête quelque part en chemin ?

Chez un fleuriste près de la gare de Manhattan, où elle achète des jonquilles.

Et quand elle descend à son arrêt, est-ce qu'elle va directement chez son ami ?

Oui. Regardez-la s'approcher de l'immeuble en briques.

Est-ce que l'ami à qui elle rend visite vit seul, lui aussi ?

Non, il habite avec sa femme. Qui n'est pas à la maison ce matin, car elle est au travail. Mais il y a un chien. Écoutez-le aboyer quand la sonnette retentit. La porte s'ouvre, l'homme sort sur le seuil, ouvrant les bras pour accueillir la femme. L'homme est vêtu – pure coïncidence – exactement comme elle sous son imperméable : jean bleu, col roulé noir et gilet gris. Ils se serrent l'un contre l'autre pendant quelques instants tandis que le chien, un mini-teckel, leur aboie et saute dessus.

Ils sont maintenant installés dans le salon, devant une tasse de thé que l'homme a préparée pour eux. Une petite assiette de biscuits *shortbread*, à laquelle ils ne touchent ni l'un ni l'autre. Les jonquilles ont été disposées dans un vase en cristal, dans un rayon de soleil sur le rebord de la fenêtre, où elles irradient d'une clarté fluorescente qui (la femme ne peut-elle s'empêcher de penser) leur donne un air artificiel. Une des tiges a plié, la fleur pend la tête en bas, honteuse ou timide de se trouver ainsi en pleine lumière.

À présent, on voit bien que l'homme a la pâleur et la silhouette décharnée d'un convalescent. Sa voix est étranglée comme si le simple fait de l'élever au-delà du murmure était un effort. Il y a de la tension dans l'air, quelque chose semble sur le point d'éclater ou de rompre. Le chien sent cette tension, c'est pourquoi il est incapable de se calmer, bien qu'il reste allongé totalement immobile dans son panier en osier. L'homme parle et le chien, entendant son nom, se mord la queue.

« Je voulais te remercier encore une fois d'avoir pris soin de Jip.

— Oh, il ne m'a pas dérangé, dit la femme. J'ai adoré l'avoir. C'était comme d'avoir un morceau poilu de toi avec moi.

— Ha », s'écrie l'homme, et la femme continue : « J'étais contente de pouvoir aider, voilà tout.

— Et tu as *beaucoup* aidé, lui assure l'homme. Jip est un bon chien, mais il est pourri gâté et a besoin de beaucoup d'attention. Et ma pauvre femme avait suffisamment de choses à gérer. » Un silence. L'homme baisse la voix. « D'ailleurs, je voulais te demander. Que t'a-t-elle raconté exactement ?

— Qu'elle était en voyage pour le travail et que son vol avait été retardé à cause d'un orage à Denver. Qu'elle avait essayé de t'appeler de l'aéroport mais que personne ne répondait. Puis son vol avait été annulé, alors elle avait pris un taxi pour rentrer, quand elle était arrivée, elle avait vu le mot que tu avais laissé pour la femme de ménage lui indiquant de ne pas entrer seule. Et d'appeler le 911. »

L'homme détourne les yeux tandis que la femme parle. Il fixe les jonquilles sur le rebord de la fenêtre, plisse les yeux comme si leur éclat l'éblouissait. Lorsqu'elle retombe dans le silence, il attend, guettant davantage, mais puisqu'il n'y a plus rien à dire, il reprend : « Si un étudiant mettait ça dans une nouvelle, je dirais que c'est un peu facile. »

À ce moment-là, un nuage passe devant le soleil et la pièce s'assombrit. La femme a une montée de panique, elle sent le picotement des larmes qui affleurent, dangereusement proches.

« Je m'étais occupé de tout, dit l'homme. J'avais emmené Jip au chenil. La femme de ménage devait venir le lendemain matin.

— Mais comment tu te sens maintenant ? interroge la femme d'une voix un peu forte, qui fait sursauter le chien. Comment tu te sens ?

— En disgrâce. »

La femme commence à protester, mais l'homme la coupe. « C'est vrai. Je me sens humilié. Même si c'est une réaction très ordinaire. »

Je sais, s'abstient-elle de répondre. J'ai beaucoup lu sur le suicide.

« Mais ce n'est pas la seule chose que je ressens, ajoute l'homme en relevant le menton. En fait, je n'ai rien de spécial. Je ne suis pas différent des autres suicidés ratés : content d'avoir survécu. »

La femme s'écrie, en pure perte : « Eh bien, ça fait plaisir à entendre !

— Cependant je ne cesse de me demander pourquoi je n'éprouve rien de *plus*, poursuit l'homme. La plupart du temps, je me sens flou, engourdi, comme si tout cela s'était produit il y a cinquante ans – ou même jamais. Mais c'est en partie dû aux médicaments. »

Le nuage est passé, la lumière envahit à nouveau la pièce.

« Tu dois être heureux d'être rentré chez toi », dit la femme.

L'homme hoche la tête. « Ça oui, je suis content d'être sorti de l'hôpital. Ces deux semaines m'ont paru des mois. Il n'y a vraiment pas grand-chose à faire dans un service psychiatrique. Et pour aggraver les choses, j'étais incapable de lire, ma concentration était nulle, je n'atteignais la fin d'une phrase que pour découvrir que j'en avais oublié le début. Et comme je ne voulais pas que les gens sachent ce qui m'était arrivé, cela réduisait drastiquement les possibilités de visites. D'ailleurs, tu es toujours la seule, en dehors de la famille, qui connaisse toute l'histoire. Pour le moment, je préfère que cela reste ainsi. »

La femme opine.

« Non que ç'ait été une expérience totalement négative, ajoute-t-il. Et tout du long je n'ai cessé de me répéter : quand quelque chose de terrible arrive à un écrivain, il y a toujours un côté positif.

— Oh ? s'écrie la femme en se redressant. Est-ce que cela signifie que tu vas écrire dessus ?

— C'est possible, oui.

— Roman ou récit ?

— Je n'en ai aucune idée. C'est trop tôt. Il faut que je prenne un peu de distance.

— Est-ce que tu écris en ce moment ? As-tu réussi à écrire quelque chose ?

— Eh bien, justement, c'est une chose que j'avais envie de te raconter. Nous avions un petit atelier dans le service ! Cela faisait partie de la thérapie de groupe. Il y avait cette femme, une thérapeute récréative, comme on l'appelle. Elle nous faisait écrire de la poésie, plutôt que de la prose – parce que nous n'avions pas beaucoup de temps, dit-elle, mais sans doute pour d'autres raisons aussi. Et demandait à chacun de lire à haute voix ce qu'il avait écrit. Ni analyse ni critique. Pour partager, uniquement. Chacun écrivait des trucs abominablement mauvais sur lesquels les autres s'épanchaient à leur tour. Toute cette affreuse poésie qui n'avait de poésie que *le nom* – tu imagines le genre. Des voix qui tremblaient, se brisaient, mettaient une éternité à arriver au bout de leur texte. Et tout le monde était à fond, on voyait bien à quel point cette chance qu'on leur offrait de déverser leurs entrailles et d'arracher des larmes aux autres était unique et fondamentale. Et oh, pour ce qui est des larmes, il y avait de quoi faire. Chaque poème était applaudi. C'était très étrange. Durant toutes mes années en tant qu'enseignant, jamais je n'ai approché le degré d'émotion qui saturait cette pièce. C'était très émouvant, très étrange.

— J'ai beaucoup de mal à t'imaginer même dans cette situation.

— Crois-moi, l'ironie de la chose ne m'a pas échappé. Au début, je me suis dit que je ne voulais rien avoir à faire là-dedans, de même que je ne voulais rien avoir à faire avec ces cahiers de coloriage qu'ils nous encourageaient tout le temps à utiliser – il ne s'agit pas juste de passer le temps, le coloriage est censé diminuer l'anxiété. Mais le problème était que tout le monde là-bas savait bien que j'étais un écrivain et que j'enseignais l'écriture, refuser de participer m'aurait fait passer pour un horrible snob. Et, comme je l'ai dit, la vie dans le service était assommante d'ennui. Je ne pouvais pas lire et je refusais toutes les sorties proposées – j'étais trop terrifié à l'idée de tomber sur quelqu'un que je connaissais et de devoir expliquer ce que je fabriquais au cinéma ou au musée avec une infirmière et toute une bande de barjos. Au moins l'atelier constituait-il une distraction, un moyen de tuer le temps. En plus, pour être parfaitement honnête, la thérapeute n'y était pas pour rien. Elle n'était pas exactement sublime, mais elle était jeune et assez sexy dans son genre, et puis tu me connais. Je voulais attirer son attention. J'avais beau être un patient en psychiatrie et assez vieux pour être son grand-père, ça ne m'empêchait pas d'avoir envie de l'impressionner. En fait, j'avais surtout envie de me la faire – même s'il n'y avait pas le moindre espoir que ça marche. Par ailleurs, je n'avais pas écrit de poésie depuis l'université, et ce retour aux sources, après tant d'années, avait quelque chose de merveilleux. Je me souviendrai de cette salve d'applaudissements jusqu'à la fin de mes jours. À ma grande surprise, j'ai continué.

— Tu écris de la poésie ? » La femme éprouve une nouvelle montée de panique à l'idée qu'il puisse envisager de lui demander d'en lire un peu. Ou pire, qu'il lui en fasse la lecture, assis là, devant elle.

« Oh, rien que je voudrais montrer à qui que ce soit encore, dit l'homme. Mais pour le moment, c'est plus facile pour moi de travailler sur des formes courtes. La simple idée de me lancer dans quelque chose de plus long me colle une frousse terrible. Sans parler de revenir au livre sur lequel je travaillais – comme un chien à son vomi ! Mais assez parlé de moi. Sur quoi travailles-tu en ce moment ? »

Elle lui raconte le nouveau cours qu'elle donne. La vie et l'histoire. La fiction comme autobiographie, l'autobiographie comme fiction. Des écrivains tels que Proust, Isherwood, Duras, Knausgaard.

« Bonne chance pour faire lire Proust à ces petits cons ! Et le texte sur lequel tu travaillais ? Est-ce que tu l'as fini ?

— Non, j'ai abandonné.

— Oh non ! Pourquoi ? »

La femme hausse les épaules. « Ça ne fonctionnait pas. En partie parce que le sentiment de culpabilité ne me lâchait pas, j'avais l'impression de me servir des gens sur qui j'écrivais. Je ne sais pas expliquer exactement pourquoi j'avais ce sentiment, mais il était bien là. Et tu sais comment c'est, la culpabilité : il n'y a pas de fumée sans feu.

— N'importe quoi, dit l'homme. Tout est du matériau pour l'écrivain, tout dépend de la *manière* dont tu l'utilises. Tu crois que je t'aurais encouragée à écrire quelque chose de mal ?

— Non, mais la vérité, c'est que quand tu m'as suggéré d'écrire sur ces femmes, ce n'était pas à elles que tu pensais, c'était à moi. Tu pensais que ce serait bon pour moi. Que je serais publiée. Qu'on me lirait, qu'on me paierait.

— Oui, parce que c'est ce que font les écrivains. Cela s'appelle du journalisme. Néanmoins tu ne peux pas me dire qu'il n'y avait pas d'autres bonnes raisons.

— Peut-être, de toute façon ce n'est pas important. Parce que la vérité, c'est que je ne pouvais pas le faire. J'en étais littéralement incapable. Je rédigeais une phrase : "Oksana est une femme de vingt-deux ans au visage pâle et rond, les pommettes hautes et les cheveux blonds raides, elle parle avec un petit accent russe."

Puis je relisais ce que j'avais écrit et sentais monter la nausée. Incapable de continuer. Les mots étaient bloqués. J'avais fait toutes ces recherches. Pris toutes ces notes. Et je me retrouvais assise là à me demander ce que j'avais bien pu espérer tirer de toutes ces preuves de violence et de cruauté, de ce catalogue de détails sinistres ? Organiser le tout en un récit fascinant ? Et si j'y étais parvenue, si j'avais trouvé les mots précis et le ton juste – si j'avais réussi à coucher sur le papier dans une prose bien nette toute l'obscénité de cette horreur –, quel sens cela aurait-il eu ? Au moins, pensais-je, l'écriture pourrait-elle m'aider *moi*, l'écrivaine, à mieux comprendre, mais je savais que je me berçais d'illusions. Écrire ne me rapprocherait en rien d'une quelconque compréhension du mal que je devais affronter. Et cela n'apporterait rien non plus aux victimes – aussi triste que ce soit, c'était incontournable. La seule chose dont je pouvais être sûre, et que je crois vraie en général pour les projets de ce genre, c'est que l'unique personne réellement impliquée est l'écrivain, toujours. J'avais de plus en plus le sentiment d'être non seulement égoïste mais cruelle – froide, si tu veux – vis-à-vis de mon sujet. Je détestais l'attitude de légiste qu'impose ce genre.

— Alors peut-être que ça marcherait mieux si tu essayais d'en faire une fiction plutôt », suggère l'homme.

La femme tressaille. « Ce serait encore pire. L'idée de fabriquer des personnages vibrants, intéressants à partir de ces filles, de ces femmes ? Mythologiser, romancer leur calvaire ? *Non.* »

L'homme pousse un soupir exagéré. « Je connais bien cet argument, et pour moi il est inopérant. Si tous les gens voyaient les choses comme toi, le monde demeurerait ignorant dans des domaines où il a toutes les raisons d'être informé. Les écrivains doivent témoigner de leur temps, c'est leur vocation. On pourrait même dire que l'écrivain *n'a pas* de plus grand devoir que de témoigner des injustices et des souffrances qui nous entourent.

— J'ai beaucoup pensé à cela depuis que Svetlana Alexievitch a remporté le prix Nobel, réplique la femme. Le monde est plein de victimes, dit Alexievitch. Des gens ordinaires traversant des épreuves épouvantables, mais qui ne sont jamais entendus et finissent oubliés de tous. Son but, en tant qu'écrivaine, dit-elle, est de donner des mots à ces gens. Mais elle ne croit pas que ce soit *possible* à travers la fiction. Nous ne vivons plus dans le monde de Tchekhov, poursuit-elle, et la fiction ne permet plus de retranscrire notre réalité. Nous avons besoin de fiction *documentaire*, des histoires arrachées à la vie ordinaire, individuelle. Sans inventions. Sans point de vue d'autorité. Ses livres sont pour elle des romans à voix. Je les ai aussi entendus désignés comme des romans-preuves. La plupart de ses narrateurs sont des narratrices. D'après elle, les femmes font de meilleurs narrateurs car elles ont l'habitude d'examiner leurs vies et leurs sentiments d'une manière que les hommes ne pratiquent pas, avec plus d'intensité et… pourquoi souris-tu ?

— J'étais juste en train de penser à cet argument selon lequel les hommes feraient mieux d'arrêter d'écrire complètement.

— Ce n'est pas ce qu'Alexievitch dit. Néanmoins elle affirme que pour atteindre les profondeurs de l'expérience humaine, des émotions, il faut laisser parler les femmes.

— Tout en réduisant l'écrivaine elle-même au silence.

— Exactement. Le but est que celles qui ont subi les souffrances soient aussi celles qui en témoignent, et que le rôle de l'écrivain revienne uniquement à leur en donner le pouvoir.

— C'est de plus en plus ancré, n'est-ce pas ? L'idée que l'activité de l'écrivain est essentiellement honteuse et que nous sommes tous suspects en quelque sorte. Je m'en suis rendu compte en enseignant : chaque année, l'opinion que se faisaient mes étudiants des écrivains était un peu plus médiocre. Comment faut-il comprendre alors que des gens qui veulent devenir écrivains aient un a priori si négatif sur les écrivains ? Imagine-t-on un seul instant un élève danseur éprouver ce genre de sentiment vis-à-vis du New York City Ballet ? Ou de jeunes athlètes méprisant des champions olympiques ?

— Non. Mais les danseurs et les athlètes n'ont pas ce statut de privilégiés qu'ont les écrivains. Pour faire de l'écriture son métier dans notre société, il faut être privilégié dès le départ, et l'idée générale est que les privilégiés ne devraient plus écrire aujourd'hui – à moins d'arriver à trouver un moyen d'écrire sur autre chose qu'eux-mêmes, car cela ne fait qu'abonder dans le sens de la suprématie blanche et patriarcale. Tu peux bien ricaner, mais tu ne peux pas nier le fait que l'écriture est une activité élitiste et égotiste. Quelque chose que l'on fait pour attirer l'attention sur soi et avancer dans le monde, pas pour faire du monde un endroit plus juste. Cela ne va pas sans un peu de honte, c'est sûr.

— J'aime bien ce que dit Martin Amis : déplorer l'égotisme des romanciers revient à déplorer la violence des boxeurs. Il fut un temps où tout le monde comprenait cela très bien. Il fut un temps où les jeunes écrivains croyaient que l'écriture était une *vocation* – comme de devenir nonne ou prêtre, c'est ce que dit Edna O'Brien. Tu te souviens ?

— Oui, de même que je me souviens qu'Elizabeth Bishop disait qu'il n'y a rien de plus embarrassant que d'être poète. Le problème de la haine de soi n'est pas nouveau. Ce qui est nouveau, c'est l'idée que ceux qui ont une histoire de grande injustice ont davantage le droit d'être entendus, et que le moment est venu pour les arts non seulement de leur faire de la place, mais de leur laisser le pouvoir.

— C'est une sorte de double contrainte, cependant, non ? Les privilégiés ne devraient pas écrire sur eux-mêmes au risque d'abonder dans le sens de l'impérialisme blanc patriarcal. Mais ils ne devraient pas non plus écrire sur d'autres groupes sociaux au risque d'être taxés d'appropriation culturelle.

— C'est en cela que je trouve Alexievitch si intéressante. Si tu choisis un groupe opprimé pour objet littéraire, il te faut trouver un moyen de leur donner la parole sans t'immiscer dans leurs mots. La raison pour laquelle les gens répugnent désormais à l'idée qu'il faille être doué pour écrire, c'est parce que cela exclut d'emblée trop de voix. Alexievitch sert de porte-voix à des gens qu'on n'entendrait pas autrement, à des histoires qu'on ne raconterait pas autrement, peu importe qu'eux-mêmes soient capables de produire de belles phrases. Une autre suggestion étant qu'à partir du moment où l'on écrit sur un groupe opprimé, l'argent que l'on gagne devrait revenir à une cause en leur faveur.

— Ce qui va à l'encontre de la finalité si on a besoin de gagner sa vie. En fait, selon ces règles, seuls les riches pourraient se permettre d'écrire ce qu'ils veulent ! À mon sens, la seule question sérieuse en l'occurrence, c'est de savoir si la marque de fabrique d'Alexievitch, la fiction documentaire, produit des textes aussi bons que la fiction romanesque. En ce qui me concerne, je serais plutôt de l'avis de Doris Lessing, qui pensait que l'imagination était le meilleur moyen d'atteindre la vérité. Et je n'adhère pas à l'idée selon laquelle la fiction n'est plus en mesure de représenter la réalité. Je dirais que le problème se situe ailleurs. C'était une autre de mes réflexions sur les étudiants : à quel point ils étaient devenus moralisateurs, intolérants à l'égard de la moindre faiblesse, du moindre défaut chez l'écrivain. Et je ne parle pas de racisme patent ou de misogynie. Je parle du plus petit signe d'insensibilité ou de parti pris, de la moindre preuve de trouble psychologique, de névrose, de narcissisme, d'obsession, de mauvaises habitudes – la moindre excentricité. Dès lors que l'écrivain ne se présentait pas sous le jour d'une personne avec qui ils auraient eu envie d'être amis, c'est-à-dire un progressiste impeccablement propre sur lui, c'était foutu. Une fois, j'ai vu une classe tout entière s'accorder sur le fait que Nabokov avait beau être un grand écrivain, un homme pareil – un snob, un pervers, le décrivaient-ils – ne devrait pas figurer sur une liste de lectures, quelle qu'elle soit. Le romancier, comme n'importe quel bon citoyen, devait rentrer dans le rang, et l'idée que l'on puisse choisir son sujet d'écriture sans tenir compte de l'opinion de quiconque était impensable pour eux. La littérature ne peut pas remplir sa mission dans une culture pareille. Que l'écriture se soit à ce point politisée me contrarie beaucoup, mais mes étudiants, eux, n'ont aucun problème avec cela. D'ailleurs, certains d'entre eux veulent devenir écrivains précisément *pour cette raison*. Et si l'on s'aventure à leur opposer des arguments, à leur parler par exemple de l'art pour l'art, ils se bouchent les oreilles et vous accusent d'étaler votre science et de les prendre de haut. C'est la raison pour laquelle j'ai décidé d'arrêter d'enseigner. Je ne veux pas m'apitoyer sur mon sort, mais quand on est à ce point décalé par rapport à la culture et aux sujets en vogue, à quoi bon. »

Et je ne veux pas être cruelle, s'abstient-elle de répondre, mais tu ne manqueras à personne.

« Enfin, je suis désolé que tu aies laissé tomber ce texte, reprend-il. Tu sais que j'avais très envie que tu arrives au bout.

— Pour être honnête, dit la femme. Il y avait une autre raison. J'ai été distraite. J'ai commencé à écrire quelque chose d'autre.

— Sur quel sujet ?

— Sur toi.

— Moi ! Quelle drôle d'idée. Qu'est-ce qui a bien pu te décider à écrire sur moi ?

— Eh bien, je ne l'avais pas vraiment anticipé. C'était au moment de Noël, j'ai regardé ce film, *La vie est belle* de Capra. Je suis sûre que tu l'as vu.

— Des tonnes de fois.

— Et tu sais comment ça finit. Jimmy Stewart – George Bailey – est arrêté dans son suicide par un ange qui lui montre la perte énorme que cela représenterait pour le monde s'il n'avait jamais existé. J'étais là, devant ma télévision, avec Jip – Jip était sur mes genoux – et, bien entendu, je pensais à toi. En fait, je n'ai pas cessé de penser à toi dès l'instant où l'on m'a dit ce qui était arrivé, je n'ai pas cessé de me demander si tu allais t'en sortir. » (À cet instant, le regard de l'homme se reporte de nouveau vers les fleurs posées sur l'appui de fenêtre.) « Je songeais à quel point tu l'avais échappé belle. Et puis j'ai complètement oublié le film et j'ai commencé à imaginer ce que cela aurait été si *tu* n'avais pas été arrêté. Après tout, c'était un pur hasard – ou alors *tu* as réellement un ange gardien. Quoi qu'il en soit, j'étais incapable de penser à autre chose. Et si on ne t'avait pas trouvé à temps ? Et j'ai su que c'était ce sur quoi il fallait que j'écrive. »

Si l'homme était pâle auparavant, à présent il est blanc comme un linge. « Est-ce que je t'ai bien entendu ? Je t'en prie, dis-moi que non.

— Je suis désolée, dit la femme. J'aurais dû préciser que c'est une fiction. J'ai travesti tous les personnages.

— Oh, allez. Tu crois que je ne sais pas ce que ça veut dire ? *Tu as juste changé mon nom.*

— En fait, il n'y a pas de nom. J'ai débaptisé tout le monde. Sauf le chien.

— Jip ? Jip est dedans aussi ?

— Eh bien, ce n'est pas exactement Jip. Il y a un chien. C'est un personnage très important. Et il a un nom : Apollon.

— C'est un sacré nom pour un mini-teckel, tu ne crois pas ?

— Ce n'est plus un teckel. C'est une fiction, tout est différent. Enfin, pas tout. Par exemple, j'ai conservé le détail sur la façon dont tu l'as trouvé dans le parc. Mais tu sais comment c'est. On prend certaines choses du réel, on en invente d'autres, on mélange demi-vérités et demi-mensonges. Jip est un grand danois. Quant à toi, tu es anglais. »

L'homme grommelle. « Tu aurais au moins pu me faire italien ? »

La femme rit. « Il y a une chose que j'ai apprise de Christopher Isherwood sur le fait de prendre un personnage réel pour le transformer en personnage de fiction. C'est la même chose que quand on tombe amoureux, dit-il. Le personnage de fiction est comme l'être aimé : toujours extraordinaire, jamais juste une autre personne. Donc on laisse de côté les détails qui font que cette personne est un simple être humain comme les autres. À la place, on fait saillir ce qu'ils ont d'excitant, d'intrigant, les détails particuliers qui au départ vous ont donné envie d'écrire sur eux, et on les exagère. Je sais que tout le monde voudrait être italien. Mais depuis que je te connais, tu m'as toujours semblé plus britannique que quiconque.

— Et, pendant que tu y étais, est-ce que tu m'as changé en goy ?

La femme rit à nouveau. Non. Mais j'ai un peu forcé le trait sur ton côté homme à femmes.

— Un peu seulement ?

— Ah, tu es fâché.

— Tu devais bien t'en douter.

— C'est vrai. Je veux bien l'admettre. Qui pourrait se réjouir qu'on écrive sur lui ? Mais il fallait que je fasse quelque chose. Comme je te l'ai dit, dès l'instant où j'ai appris ce qui s'était passé, j'étais incapable de penser à autre chose. J'ai donc fait ce qu'on fait quand on est écrivain et qu'on a une obsession : on la transforme en fiction en espérant pouvoir ainsi la surmonter ou du moins en comprendre le sens. Même si on sait bien, pour l'avoir éprouvé, que cela ne marche quasiment jamais.

— Je sais, tu n'as pas besoin de m'expliquer ces choses-là. *Et les écrivains sont bel et bien des vampires*, pas besoin de me le dire non plus, je suis sûr que c'est moi qui te l'ai dit. Encore une fois, l'ironie de la situation ne m'échappe pas. Malgré tout, c'est quand même un sacré choc pour moi. Je ne sais pas quoi penser. Qu'est-ce que tu as fait ? Pour le moment, je peux te dire qu'à mes yeux cela ressemble horriblement à une trahison. C'est une absolue trahison. Et maintenant que nous avons eu cette conversation, il y a une chose que je dois te demander : pourquoi moi ? Et tu aurais au moins pu attendre. Bon sang. Je suis là, à l'hôpital, à traverser le pire moment de mon existence, et toi tu es derrière ton écran à noircir des kilomètres de pages. Ce n'est pas très glorieux. Non. En fait, je suis frappé du point auquel c'est sordide. Quel genre d'amie… Oh, tu devrais avoir honte. Tu ne sais plus quoi dire, n'est-ce pas ? Je suis sidéré que tu oses même me regarder dans les yeux. Et t'ai-je bien entendu à propos du chien ? Le *chien* est un des personnages principaux ? Je t'en prie, dis-moi qu'il n'arrive pas malheur au chien. »

TRIOMPHEZ DE LA PAGE BLANCHE !

Douzième partie

Hein que c'est ça la vie ? Du soleil, pas trop chaud, une petite brise, le chant des oiseaux. Maintenant je sais que tu aimes le soleil, ou bien tu ne t'allongerais pas comme ça dessous, tu te serais réfugié dans l'ombre sous le porche, à côté de moi. Ce soleil doit te sembler tellement bon sur tes vieux os. Et tu trouves sans doute la brise océane aussi rafraîchissante que moi. Chaque fois qu'elle souffle vers nous, tu relèves la tête pour renifler, et je sais que tes trois cents millions de récepteurs olfactifs identifient bien plus que la piqûre du sel qui parvient à mes six malheureux millions. Les êtres humains ont du mal à sentir plus d'une chose à la fois. Lorsque j'entends quelqu'un déceler dans une gorgée de vin un arôme de poivre noir puissant suivi de notes de framboise et de mûre, c'est l'arnaque que je flaire. Montrez-moi un seul être humain capable de différencier l'odeur d'une framboise de celle d'une mûre, sans parler de passer par la case poivre noir avant… En revanche, *ton nez à toi*, des dizaines de milliers de fois plus sensible que le mien, selon la science canine – capable de sentir une pomme pourrie parmi deux millions de tonneaux de pommes – est un tout autre organe.

Et cependant il y a plus époustouflant encore : que tu puisses différencier les innombrables odeurs qui viennent se fracasser contre toi, de partout, tout le temps. Un tel pouvoir fait de *chaque* chien, Super Chien. Mais c'est sans doute trop d'informations. Un tel pouvoir rendrait fou n'importe quel être humain.

Je repense à l'époque où tu me réveillais au milieu de la nuit, humant chaque centimètre carré de mon corps étendu au sol. Recensant des données. Qui étais-je, quelles étaient mes intentions. Tu continues de me renifler tout le temps, mais plus jamais avec la même ferveur investigatrice.

Selon la science, tu es capable de sentir non seulement ce que j'ai mangé au petit déjeuner ce matin mais aussi ce que j'ai pris au dîner hier soir ; quand est-ce que j'ai lavé le short et le tee-shirt que je porte et si j'ai utilisé de la javel ; où ces sandales m'ont conduite récemment, et le fait que je vienne de changer de marque d'écran total. Tout ça les doigts dans le nez. Maintenant que je sais de quoi sont capables les chiens, plus rien ne me surprend. La femme que nous rencontrons souvent, celle qui promène une mère et sa fille bâtardes, prétend que les chiens peuvent donner l'heure. Quand je rentre du travail, me dit-elle, je vois mes filles me guetter à la fenêtre alors que je suis encore à un pâté de maisons de chez moi. Elles détectent la présence de mon odeur qui augmente dans l'air.

Je pense qu'il est exact de dire que, grâce à ce don suprême, tu me comprends mieux que je ne te comprends. Les hormones et les phéromones te tiennent informé. Mon angoisse des cours qui reprennent la semaine prochaine. Mes cicatrices encore béantes. Mes peurs secrètes. Ma solitude. Ma rage. Mon deuil infini. Tu es capable de sentir tout cela.

Quoi d'autre. Une fraction de cellules malignes que la médecine n'est pas encore en mesure de détecter ? Des amas, des nœuds se formant dans mon cerveau, précurseurs de démence ?

Il a été prouvé qu'un chien sait avant sa maîtresse qu'elle est enceinte.

Idem si elle est mourante.

Même si ton odorat n'est plus ce qu'il était. Les années l'ont engourdi sans doute, comme elles le font aux êtres humains. Et il suffit de regarder ton nez : cette prune noire autrefois bien mûre et luisante est aujourd'hui desséchée et grise comme un vieux fusain.

Je disais donc : soleil chaud, brise fraîche – je suis sûre que tu apprécies. Mais le chant des oiseaux ? Il y a une mangeoire dans la cour, les oiseaux se massent par ici. On entend des mésanges, des moineaux, des pinsons, des rouges-gorges du matin au soir – hormis certaines heures où, mystérieusement, le silence retombe comme s'ils étaient tous partis à l'église.

J'aime les bruits d'oiseaux, même la litanie monotone des colombes en deuil et les cris stridents des geais, des corbeaux et des mouettes. Mais toi, avec ton indifférence à toutes les musiques des hommes, quel effet produit sur toi la musique de la nature ?

J'ai connu des gens qui n'apprécient pas du tout le chant des oiseaux, qui le trouvent même agaçant. Il y a cette anecdote à propos du chef d'orchestre Serge Koussevitzky, qui se plaignait d'être réveillé chaque matin à Tanglewood par *tous ces oiseaux qui chantent faux*.

Parfois un oiseau attire ton attention – comme cela se produit aussi avec les pigeons en ville –, traverse l'air devant toi dans un vol bas, saute sur le gazon, mais jamais tu n'es tenté de les prendre en chasse.

Des écureuils, des lapins, des tamias apparaissent de temps en temps, certains audacieux s'approchent, jamais assez cependant pour qu'il te faille les effrayer.

Le matou du voisin, noir et blanc comme toi, t'observe de ses yeux pincés, aux abords du gazon, d'un regard qui dit qu'il n'est en rien impressionné.

Une fois, un chien à l'air étrange est venu traîner dans le coin, furtif, rapide, il a disparu si vite qu'il aurait aussi bien pu être une hallucination. C'est seulement plus tard que j'ai tout à coup été saisie : ce n'était pas un chien, c'était un renard.

Je me demande si tu as jamais pourchassé la moindre créature. Je pense que oui, forcément. L'instinct, inévitablement. La chasse au sanglier est dans tes gènes, après tout.

Non que je ne me réjouisse pas de ce royaume paisible que nous habitons aujourd'hui. Je n'aurais pas voulu que ce soit autrement.

Je viens de me souvenir de mon ex-petit ami qui apprenait à Beau à rester assis, immobile, pendant toute une minute, avec une souris sur la tête.

Je t'ai *bien* vu attraper et gober des mouches et autres insectes, avec quelque inquiétude quand c'était des espèces piquantes. Une fois, tu as même avalé une énorme araignée avant que je ne puisse t'en empêcher.

Ou alors, c'était la souris à qui il apprenait à rester assise avec un chien sous les fesses.

L'autre bruit que l'on entend en permanence ici est celui des vagues, dont j'aime à penser qu'il est aussi reposant pour toi qu'il l'est pour moi.

La première fois que nous sommes descendus sur la plage, je me suis demandé si tu avais déjà vu l'océan, si tu avais déjà nagé ou marché dans le sable. (J'imagine les gens s'arrêtant devant la taille de tes empreintes.) Par chance, la plage est à quelques minutes de la maison. Nous n'y allons que lorsque le soleil est bas, tôt le matin ou au crépuscule. Aussi courte qu'elle soit, la promenade n'est pas toujours facile pour toi. Tu te déplaces lentement, de plus en plus lentement – tu *boitilles*, même si c'est le mot que j'essaie d'éviter. J'ai peur qu'un jour nous réussissions à descendre sans encombre mais qu'une fois en bas tu ne sois plus capable de remonter.

Il y a peu de temps, une chose effrayante s'est passée en ville. Il faisait torride, c'était le premier vrai mauvais jour de la saison, et nous nous dirigions vers les coins ombragés du parc. Mais avant d'y arriver, et bien que nous ayons à peine commencé à marcher, tu t'arrêtas, te recroquevillas et t'effondras au sol, manifestement en détresse.

J'ai presque paniqué, j'ai cru que j'allais te perdre là, sur le trottoir.

Les gens ont été tellement gentils. Quelqu'un a foncé dans un bar et en est ressorti avec un bol d'eau fraîche, que tu as bu avidement sans toutefois te lever. Puis une femme qui passait par là s'est arrêtée, a sorti un parapluie, et elle est restée à côté de toi pour t'abriter du soleil ; c'est pas grave si je suis en retard au bureau, a-t-elle dit. Un homme dans une voiture nous a proposé de nous emmener, mais j'ai vu que tu allais avoir du mal à monter sur la banquette arrière, à ce stade, heureusement, tu avais repris des forces et nous avons pu marcher jusqu'à la maison.

À présent, chaque fois que je te sors, j'ai la gorge nouée.

Mais il faut que tu marches, a dit le vétérinaire. Il faut que tu fasses un peu d'exercice chaque jour.

Le traitement marche, me dit-il. Les antidouleurs et anti-inflammatoires te maintiennent, même si tu n'es pas toujours totalement à ton aise, à l'abri de l'agonie. Ce qui pourrait changer, bien sûr, et c'est *cela, pour moi,* la véritable agonie. Car je n'aurais aucun moyen de le savoir.

Je suis hantée par la description de Queenie à la fin par Ackerley : *Elle commença par tourner le visage vers le mur, puis elle me tourna le dos à moi.* Ce fut le moment, le signe qu'il interpréta comme signifiant qu'il devait la faire… tuer.

Tu me le feras savoir, n'est-ce pas. Souviens-toi que je ne suis qu'une humaine, je n'ai pas le début du commencement de ton acuité. J'aurai besoin d'un signe quand cela deviendra insupportable.

Il ne s'agit pas de trahir le mouvement de la Nature, ni de se prendre pour Dieu, ou, comme certains le pensent, d'interférer dans le voyage spirituel d'un être, son entrée dans le *bardo.* Je le vois comme une bénédiction. Je désire pour toi ce que je voudrais pour moi aussi.

Et je serai là, bien sûr. Je serai avec toi durant ce dernier voyage chez le vétérinaire.

J'ai cru que le moment était venu hier, quand j'ai vu que tu n'avais pas touché à ton petit déjeuner. J'ai rompu le pain de mon propre petit déjeuner, et tu es venu le manger dans ma main. (*Comme si nous avions lu la messe ensemble.*) Le soir, cependant, tu avais retrouvé l'appétit.

Alors n'y pensons plus. Ne considérons qu'aujourd'hui, qu'ici et maintenant. Le cadeau de ce parfait matin d'été.

Encore un été. Au moins auras-tu eu cela.

Encore un été à t'étirer avec plaisir au soleil.

Au moins aurais-je pu te dire au revoir.

Est-ce que je te parle à toi ou à moi-même ? Je veux bien avouer que la ligne s'est brouillée.

Les dernières semaines avant de venir ici ont été tellement dures. Cela faisait un moment déjà que tu n'arrivais plus à te lever et à descendre cinq étages correctement, nous avions donc commencé à prendre l'ascenseur. Les voisins n'y voyaient pas d'inconvénients dans l'ensemble. Ils ont l'habitude de nous croiser maintenant, il n'y a qu'une seule personne, une infirmière à la retraite dont le mari est mort d'une leucémie l'année dernière, qui ait émis des doutes sur ta désignation comme animal thérapeutique. Mais même elle a bien dû convenir de tes bonnes manières, avec cette façon que tu as de te recroqueviller dans un coin pour ne pas occuper tout l'espace étroit de l'ascenseur. Quant aux autres habitants, de même que la plupart des gens que nous rencontrons, ils sont simplement ravis de te voir, sous le charme, comme le sont toujours les gens devant les gentils géants.

Malgré tout, l'odeur de plus en plus âcre de ton pelage, les relents de ton haleine et les filets de bave que tu laisses partout – en particulier dans cet espace confiné et à présent suffocant de chaleur – étaient de plus en plus difficiles à ignorer.

Puis : l'inéluctable tant redouté. Dans l'ascenseur, dans le couloir, sur le tapis du hall d'entrée. Il ne se passait guère un jour sans accident. Et là où le problème était le pire, c'était dans l'appartement. Bon sang, ça pue là-dedans, on dirait une écurie, avait dit un livreur. Quelqu'un d'autre a parlé de zoo. Hector, Dieu le bénisse, s'est abstenu de tout commentaire.

Trois tapis, le canapé et le lit y sont passés. J'ai acheté un deuxième matelas gonflable et nous avons commencé à dormir côte à côte sur les deux matelas à même le sol.

J'ai fait de mon mieux, épongé et frotté vigoureusement, vidé plusieurs bouteilles de Lysol chaque semaine. Mais la tâche s'avérait de plus en plus herculéenne, et l'odeur ne se dissipait jamais vraiment. Elle avait imbibé les parquets, les étagères. Tous mes vêtements – comme l'odeur de tabac quand j'avais la vingtaine – et, j'en ai peur parfois, ma peau et mes cheveux aussi.

C'est désagréable, mais pas *si* désagréable que cela, dit la personne qui a toujours été la plus compatissante vis-à-vis de ma situation. Ce qu'il faut, c'est que tu t'en ailles un moment, que tu laisses l'endroit s'aérer.

Au moment même où j'allais désespérer, il était venu à notre secours.

Ma mère a dû partir en maison de repos, dit-il. Elle était propriétaire d'un cottage à Long Island, où elle passait les étés avant. On vient de le vendre, mais les nouveaux propriétaires n'en prendront pas possession avant la fête du Travail. Ils ont prévu de vider les lieux et de tout rénover, donc les dégâts que pourrait faire le chien n'ont pas vraiment d'importance. Et il pourra passer une grande partie de son temps à l'extérieur. Moi-même je ne vais pas y aller énormément cet été. J'ai beaucoup de travail et je déteste les départs en week-end, en particulier en août, avec tous ces bouchons. De toute façon, il ne reste que deux semaines et tu en as davantage besoin que moi. Ta vie sera tellement plus facile là-bas, tu verras. Pendant ton absence, si tu veux, je peux regarder ce qu'on peut faire pour ton appartement.

Mon héros.

Il nous a même emmenés là-bas dans son véhicule utilitaire.

Nouvel obstacle majeur : te transporter dans la voiture sans te faire mal. Hector a fabriqué une rampe de fortune avec une vieille porte stockée dans la cave de notre immeuble.

Pas d'escaliers à redouter pour nous ici, deux petites marches seulement pour accéder au porche. Et pas besoin de voiture. Je peux faire à vélo la petite dizaine de kilomètres qui nous sépare de la ville pour aller chercher des provisions. D'ici une semaine aujourd'hui, quand nous devrons repartir, notre ami viendra nous chercher dans son véhicule utilitaire et nous raccompagnera à la maison.

Lors de notre première nuit ici, il y a eu un orage spectaculaire. Nous nous sommes tapis dans un coin tous les deux sous le fracas qui mitraillait littéralement le toit. Des trombes d'eau toute la nuit, et au matin le calme était revenu. On aurait dit qu'une sorte de membrane avait été retirée, révélant un monde tout neuf, lumineux et propre. On pouvait presque entendre l'« Ave Maria » de Schubert. On pouvait presque sentir le bleu. Et chaque jour, depuis, a été magnifique.

Sur la plage, souvent, au moment du crépuscule, nous apercevons un autre couple : un jeune homme, torse nu, bronzage caramel, cheveux blond glacé – un vrai *beach boy* – et son braque de Weimar. Nous les observons, le chien plongeant dans les flots pour aller chercher le bâton que l'homme ne cesse de lui lancer. L'homme est puissant. Il envoie voguer le bâton au loin, très loin. Et le chien nage, loin, très loin, encore et encore, affrontant vague après vague, infatigable. C'est un spectacle exaltant. Il a l'air tellement fou de joie, triomphal dans sa course effrénée pour venir déposer le bâton aux pieds de son maître.

Je ne peux réprimer une pulsation d'envie à voir ces deux jeunes et robustes créatures jouer ainsi. Mais cela vient de moi. *Toi*, tu les observes avec ton calme habituel. Tu ignores tout du moindre sentiment d'envie. Ni désirs ni nostalgie. Ni regrets. Nous sommes deux espèces tellement différentes.

Je pensais que le temps passerait plus lentement, j'ai été si oisive. Lu Elmore Leonard, enchaîné les épisodes de *Game of Thrones*, préparé quelques cours – c'est à peu près tout. Me suis nourrie principalement de sandwiches, et parfois même, trop paresseuse pour en préparer, suis allée en chercher deux tout faits à l'épicerie, avec quelques fruits au petit magasin de la ferme, pas besoin de plus.

Les heures s'additionnaient aux heures tandis que je restais assise sur ce porche, à laisser divaguer mes pensées. Par exemple, sur le thérapeute – vous vous en souvenez ? J'ai réfléchi à certaines choses qu'il a dites. Que le suicide est contagieux. L'un des signes avant-coureurs les plus significatifs d'un suicide est la présence dans l'entourage du patient d'un suicidé. Je savais où il voulait en venir, bien sûr. Docteur Évidence. Je me souviens de lui avoir raconté mon rêve, celui de l'homme au manteau sombre, dans la neige. Essayait-il de m'appeler – dépêche-toi, vite, vite – ou de m'éloigner ?

J'y repensais parce que j'ai refait ce même rêve il y a quelques nuits. Sauf qu'au lieu de neige à perte de vue, autour de nous c'était une sorte de champ de bataille. Des bombes explosaient, des soldats visaient, tiraient. Et cette fois, c'était un véritable cauchemar.

La pratique clinique courante veut qu'on demande à une personne qui parle de suicide comment elle procéderait. Plus le plan est précis, plus l'alarme est sérieuse. Et si, aujourd'hui, c'était mon tour de dire au revoir à ce monde cruel, cet endroit serait idéal. Je me jetterais dans l'océan, je nagerais aussi loin que possible du rivage. Ce qui ne ferait pas très loin. Je suis une très mauvaise nageuse, je n'ai même jamais mis la tête sous l'eau.

Mais ne dit-on pas que la noyade est la pire des morts ? Je suis sûre d'avoir déjà lu ça quelque part. La question est : comment le savent-ils ?

La seule expérience qu'elle ne pourrait jamais décrire.

Allez-Mer – tu me prends[1] ? La poète parle-t-elle d'amour ou de mort ?

---

1. *Say – Sea – Take me*, dans «My River runs to Thee...», *Poésies*, Emily Dickinson, 1861.

Rien n'a changé. C'est toujours aussi simple. Il me manque. Il me manque chaque jour. Il me manque tellement.

Mais que deviendrais-je si ce sentiment disparaissait ? Je ne voudrais pas que cela se produise.

C'est ce que j'ai dit au psy : qu'il ne me manque plus ne me rendrait pas heureuse, pas du tout.

On ne bouscule pas l'amour (*You can't hurry love*), comme dit la chanson. On ne bouscule pas la peine non plus.

J'ai la conviction qu'il a fait ce que tant d'autres avant lui avaient déjà fait : il s'est persuadé que ceux qu'il laissait derrière lui iraient bien. Nous serions sous le choc un moment, puis dans la peine, et puis nous passerions à autre chose, comme tout le monde. Le monde ne s'arrête pas de tourner pour autant, la vie continue toujours, et nous continuerions nous aussi, nous ferions ce que nous avions à faire.

Et si c'était ce qu'il lui fallait, *à lui*, pour ne pas souffrir du poids de la culpabilité, en plus de tout le reste, je veux bien l'admettre.

Bien entendu, j'ai eu peur de commettre une erreur en écrivant sur le sujet. Coucher quelque chose sur le papier, c'est espérer s'en emparer. Écrire ses expériences, c'est tenter d'en saisir le sens, ne pas les laisser se déliter dans le temps. Dans l'oubli. Mais le contraire est toujours possible. Le souvenir de l'expérience peut s'évanouir au profit du souvenir de ce qu'on a écrit dessus. Comme les gens dont les souvenirs de voyage sont en fait les souvenirs des photos qu'ils ont prises durant ces voyages. En fin de compte, l'écriture et la photographie détruisent probablement plus qu'elles ne préservent le passé. C'est donc une possibilité : en écrivant sur un être cher – ou même juste en parlant trop de lui – peut-être qu'on l'enterre pour de bon.

Ce qu'il y a, c'est que, même aujourd'hui, je ne sais toujours pas si j'étais amoureuse de lui ou non. J'ai été amoureuse plus souvent qu'à mon tour, et chaque fois que je l'ai été, je l'ai toujours su sans le moindre doute. Mais lui… Après tout, ça n'a plus d'importance à présent. Qui sait ? Qu'est-ce que l'amour ? Cela me fait penser à cette tentative de définition de la foi par un mystique : *Ce n'est pas ceci, ce n'est pas cela. C'est comme ceci, mais ce n'est pas ceci. C'est comme cela, mais ce n'est pas cela.*

Pourtant ce n'est pas vrai que rien n'a changé. Non que je m'aventurerais à employer des mots comme *guérison, rétablissement* ou *deuil*, mais j'ai conscience d'une modification. Quelque chose comme une préparation, peut-être. Pas encore mûre, mais sur le seuil d'une libération. D'un lâcher-prise.

Un SMS : *Comment vas-tu ? Ça y est, ton appart est comme neuf !*

Mon héros.

Je me mets à penser à la femme qui possède cette maison. Possédait. Une femme que je n'ai jamais rencontrée. Mis à part le strict minimum, les trois petites pièces ont été entièrement vidées. Oubliée là, sans doute par erreur : une photographie en noir et blanc dans un cadre argenté accroché au mur de la chambre. Un couple, son mari et elle certainement, debout devant une voiture. (Pourquoi les gens posaient-ils tout le temps devant leur voiture autrefois ?) Il porte son uniforme de l'US Army, elle est habillée à la mode de l'époque : épaulettes, cheveux enroulés en *victory rolls*, talons hauts façon Minnie Mouse. Beau/jolie. Jeunes. Des gamins. Je sais qu'il est mort il y a plus de dix ans. Apparemment elle se débrouillait très bien toute seule jusqu'à l'année dernière, quand tout s'est dégradé d'un coup. De nageuse infatigable, jardinière hors pair et championne de scrabble, elle est tout à coup devenue totalement impotente. Ni jambes, ni yeux, ni oreilles, ni dents, ni souffle. Presque plus de mémoire. De moins en moins présente.

Quand a-t-elle planté les roses ? Elles sont magnifiquement épanouies à présent, les rouges comme les blanches. Un parfum à tomber, *Aaaaah*. Je songe à quel point elle devait s'en réjouir, année après année, en être fière. Et ce qui me rend le plus triste est de penser, non pas qu'elles doivent lui manquer, mais qu'elle ne sait plus qu'elles lui manquent. Ce qui nous manque – ce que nous avons perdu, ce que nous pleurons –, n'est-ce pas au fond ce qui nous fait tels que nous sommes vraiment ? Sans parler de ce que nous espérions devenir et n'avons jamais réussi à être.

Passé un certain âge, c'est une chose incontestable, et cet âge arrive plus tôt que les gens ne voudraient le croire.

Je m'aperçois que le soleil t'a terrassé une fois de plus. Mais n'en abusons pas. Le thermomètre est censé grimper jusqu'à 32 °C aujourd'hui.

Je ferais peut-être mieux de t'apporter un peu d'eau. Et tant que j'y suis, de me servir un grand verre de thé glacé.

Oh, regarde. Des papillons. Tout un essaim de papillons, planant tel un petit nuage blanc sur la pelouse. Je ne crois pas en avoir jamais vu autant voler ensemble ainsi, même si on en voit souvent deux par deux. Des piérides de la rave, je pense. Mais ils sont trop loin pour que je discerne les taches noires sur leurs ailes.

Ils feraient mieux de se méfier de toi, grand mangeur d'insectes devant l'Éternel. Un coup de mâchoires et il n'en resterait plus qu'une poignée. Pourtant les voilà qui volent tranquillement dans ta direction, comme si tu n'étais rien d'autre qu'un rocher géant posé sur l'herbe. Les voilà qui pleuvent sur toi tel un essaim de confettis, et toi… pas le moindre frisson !

Oh, quel bruit terrible. Qu'a bien pu voir cette mouette pour crier ainsi ?

Les papillons s'envolent à nouveau, reprenant leur course vers le rivage.

J'essaie de t'appeler, mais ton nom s'évanouit dans ma gorge.

Oh, mon ami, mon ami !

REMERCIEMENTS

Merci Joy Harris. Merci Sarah McGrath.

Je suis infiniment reconnaissante à la Fondation Civitella Ranieri, la Fondation Saltonstall pour les arts, et Hedgebrook pour leur soutien généreux.

Un extrait de ce livre a paru dans la *Paris Review*. Merci, Lorin Stein.

De la même auteure :

Pour Rouenna, Flammarion, 2002
Sempre Susan : Souvenirs sur Sontag, 13e note, 2012
Et nos yeux doivent accueillir l'aurore, Rue Fromentin, 2014

Composition réalisée par Belle Page

Achevé d'imprimer en juin 2023, en France par
La Nouvelle Imprimerie Laballery
58500 Clamecy (Nièvre)
N° d'impression : 306359
Dépôt légal 1re publication : avril 2021
Édition 03 - juin 2023

LIBRAIRIE GÉNÉRALE FRANÇAISE
21, rue du Montparnasse – 75283 Paris Cedex 06

21/0163/3